佐野洋子エッセイコレクション

今日でなくてもいい

佐野洋子

河出書房新社

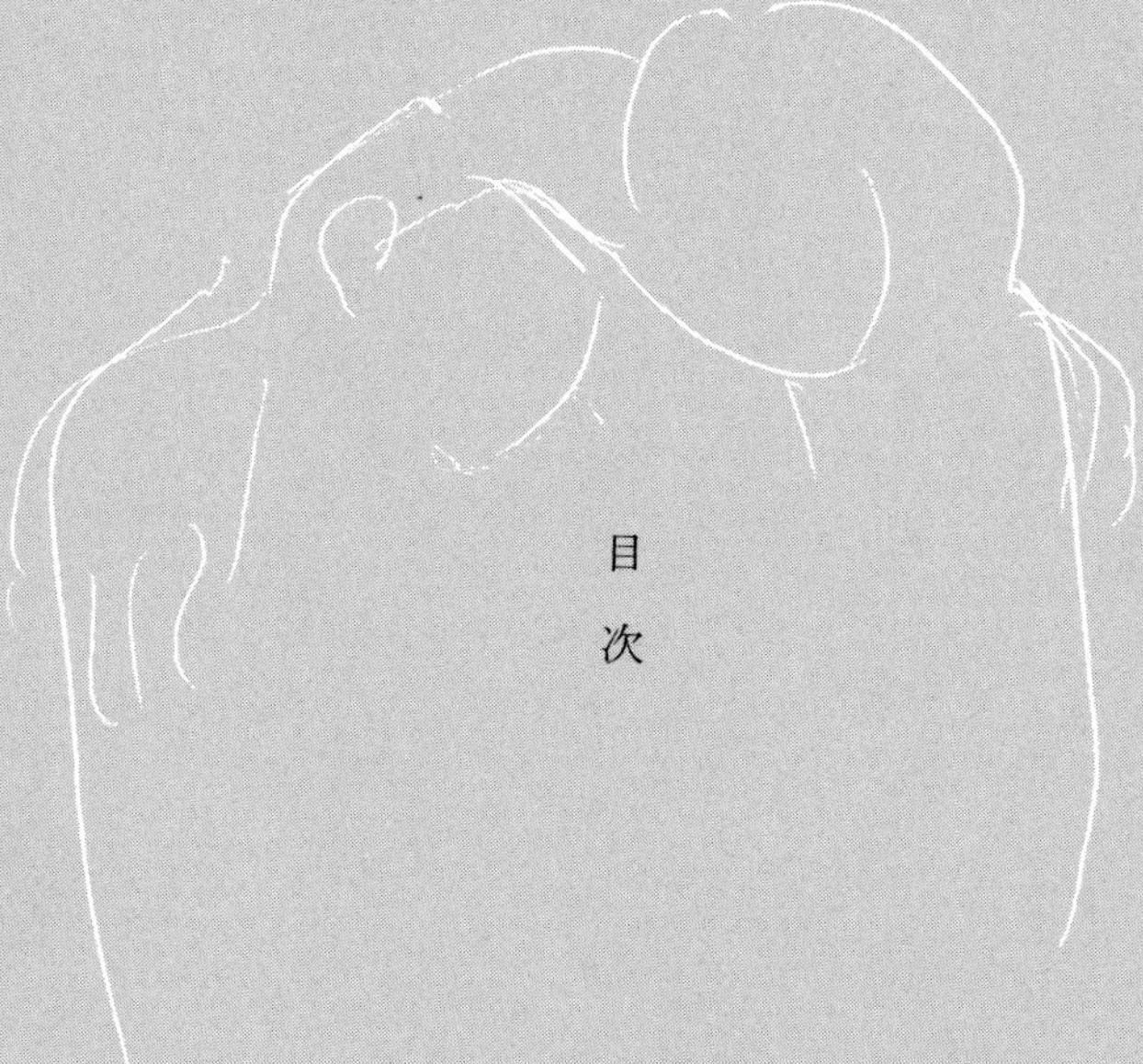

目次

一

二

三

四

装画・挿画　佐野洋子

装丁・デザイン　佐藤亜沙美（サトウサンカイ）

佐野洋子エッセイコレクション

今日でなくてもいい

一

〔犬が死んだ〕

犬が死んだ。

犬の記憶はほとんどない。

犬が死んだ瞬間のことだけ覚えている。

夏の夕方だった。

父と母の食事がつづいていて、私と兄は窓ぎわにいた。

ほとんど暮れて、庭が深い青色に見えた。

私と兄はふざけて笑っていた。

家の中で声を出して笑っているのに、私には、庭が恐ろしく静かだったような気がする。

突然、

「キャーン」

と、ひと声だけ犬が鳴いた。

家の中が、しんとした。

鳴き声の余韻が、細い形になって、夕暮れの空に吸い込まれて消えたような気がした。

私と兄は顔を見合わせた。

私は兄の目を見たとき、犬が死んだことがわかった。


犬は死んだ。

阿媽《アマ》が首輪のくさりのとめ金の位置をまちがえたので、餌《えさ》の皿に近づこうとして、首がしまってしまったのだ。

父は、死んだ犬の首輪をはずし、犬をひっくり返した。

犬が死んでも誰も泣かなかった。

私と兄は、大事件が起きたので、わくわくしていた。

父は、死因をつきとめて満足しているように私には思えた。

母は、ただ黙って死んだ犬を見ていた。

父はシャベルを持ち出して、ぶどうの根もとに穴を掘った。

非常に元気よく穴を掘った。

犬はつっぱって、硬直していた。

犬の上にシャベルの土が落ちたとき、私も兄もしんとした。

犬は見えなくなった。

つばきがたまって、私はそれを飲み込んだ。


父がブランコを作ってくれた。

深いちりとりのような箱を、ぶどう棚からロープでつるした。

私はお菓子をもらうと、わざわざブランコに座りにいった。

そして、ゆらゆらゆれながら、お菓子を食べた。

いつまでもブランコに乗っていると、頭のてっぺんが熱くなった。

私は頭のてっぺんを触ってみる。

熱ければ熱いほど満足した。

そして、いつか触れないほど熱くなればいいのにと思っていた。


森があった。

森に行くには、なつめの広場を右手に折れて、泥の塀ぞいに歩き、カトウくんの家の庭を通っていった。

どこからか、子供がたくさん集まってきていた。

兄と私が、いちばん小さな子供だった。

大きな石から飛び降りる競争をした。

兄はひるんだ。
私はその石によじのぼり、飛び降り、蛙のようにはいつくばった。
そして、いつまでも胸が痛んだ。
兄のことを、仲間が弱虫だと思ったのがわかって。
それから、壁ぞいに、森のはしを歩いた。
壁に窓があり、のぞき込むと、私の家の台所だった。
台所は穴の底のように見えた。
穴の底を、阿媽が行ったり来たりしていた。
私はとても驚いた。
家と森の関係が、まるっきりわからなかった。
それからぞろぞろ列になって、小さい石の神様を見にいった。
神様は四角い石だった。
何か字が書いてあった。
「これにしょんべんかけると、ばちがあたって死ぬんだから」
年かさの男の子が言った。
「キャー」
と言って、皆逃げた。

それから、木にからまっているつるから、大きな刀のような形をした豆をむしって遊んだ。

誰かが、

「カトウくん、神様にしょんべんかけた」

と言った。

皆がカトウくんをとり巻いて、半ズボンのおちんちんのあるあたりをじいっと見た。

「チンポコがくさってくるぞ」

と誰かが言った。

私は兄を見あげた。

兄は、カトウくんの半ズボンの真ん中を、じっと見ていた。

私は、兄は弱虫だから、おしっこをひっかけたりしなかっただろうと思って、安心した。

安心したが、また胸が痛かった。

私は自分の元気がなくなっていくのがわかった。

夕方だった。

庭が夕焼けで赤く見えた。

カトウくんがブランコに乗っていた。

父がブランコの横にしゃがんでいた。

カトウくんは、右の足首の上を包帯で巻いていた。

包帯がずれて、赤チンがついているオデキが半分見えていた。

「どうしたんだ」

と父がきいた。

「おでき」

「痛いか」

父はカトウくんの足を指で押した。

「痛くない」

ブランコから立ち上がって、カトウくんは帰った。

次の日、カトウくんが死んだ。

隣の小母《おば》さんと母は、庭で興奮していた。

何で死んだか、まるっきりわからないのだった。

「だって、昨日ここでブランコに乗っていたのよ」

私はブランコを見た。

ブランコは一ミリも動いていない。

葬式があった。

子供がたくさん集まってきた。

葬式は門の中で行なわれていて、子供はカトウくんの家の前の広場で、

「あの子が欲しい、この子はいらない」

と花一匁《はないちもんめ》をして遊んだ。

「オカマかぶって逃げといで」

「キャー」

カトウくんの家の人が、ピンク色のまんじゅうを、子供に一つずつくれた。

子供たちは、ピンク色のまんじゅうにむらがった。

夕方で、広場も子供も赤く見えた。


家に帰ると、母が兄を呼んで、おそろしく真面目な顔をして、

「坊や、神様におしっこかけなかったでしょうね」

と言った。

兄は、

「かけないよ」

ともじもじして答えた。

もしかして、兄はかけたんじゃないかという疑いが、私をおそった。

次の年、ぶどうがなった。

私はブランコに乗って、ぶどうを食べた。

「今年はいやにぶどうがでかいな」

父はぶどうを食べながら言った。

「犬のこやしがきいてきたんだ」

〔また、母が赤ん坊を産んだ〕

また、母が赤ん坊を産んだ。

すぐ下の弟が生まれたときは、母のお腹が丸かったのを覚えているが、次の赤ん坊は突然ベッドの中にいた。

その赤ん坊は、くったりしていた。

隣の小母《おば》さんは、くったりしている赤ん坊の前で首を振った。

そして私を連れてデパートに行った。

小母さんはガラスケースの前を行ったり来たりして、

「どれがいいかしら、洋子ちゃん」

と私に、大人に相談するように言った。

ガラスケースの中に、箱に入った赤ん坊の着物が並んでいた。

小母さんは、レモンイエローの綸子《りんず》の着物の前で、

「これがいいわね、男の子だから」

と私に同意を求めた。

青い色が男の子の色だと思っていたが、くったりした赤ん坊だからレモンイエローなのかと私は思い、

「うん」

と言った。

レモンイエローの着物に幅の広い羽二重《はぶたえ》の白いひもがついていて、ひものつけ根が、絹糸で麻の葉の形に留めてあった。

私はそれに感心した。

赤ん坊は鼻からコーヒー色の血を流した。

血の中にコーヒーのかすのようなぶつぶつがまざっていて、母がふいてもふいても止まることなく流れた。

隣の小母さんは、

「かわいそうに、かわいそうに」

と赤ん坊のベッドの前にひざまずいて泣いた。

小母さんが泣いたので、私は赤ん坊が死ぬのだと思った。

赤ん坊は泣きもせずに、くったりしたまま、鼻からコーヒー色の血を流していた。

門からいちばん近い応接間で葬式をした。

私と兄は、その部屋に入れてもらえなかった。

庭にも人が大勢立っていた。

天気のよい、明るい真っ昼間だった。

私は庭へ飛び出して、立っている人のあいだを走りぬけたり、応接間の入口でうろうろしたりした。

扉が突然開いて、きんきらきんの赤いものを着た坊さんがニューッと現れた。

きんきらした赤い前かけのようなものの上に、紫色のきんきらしたたすきがかかっていて、手には透き通ったネックレスのようなものを持っていて、それにもびらびらと糸がたれていた。

私は龍宮城のようだと思った。

私は立っている人の足もとにもぐり込んで、応接間を庭の方からのぞいてみた。

高いところに小さな棺桶《かんおけ》があり、緑色の布がかかっていて、それにも金色の模様がついていた。

私は初めて棺桶を見た。

その横に、見たこともないほどの山盛りになったまんじゅうがあった。

母はハンカチを持って、人と人とのあいだで、

「はい、三十三日目でした」

と言っていた。

誰にでも、

「三十三日目でした」

と言っていた。

庭に、グレーのスカートをはいて、白いブラウスを着た若い女の人が立っていた。

母は、

「三十三日目でした」

とハンカチをくしゃくしゃに握りながら庭に目をやり、そばにいた父の同僚の親しい奥さんに、せき込んだ声で、

「ちょっと、あの人だれよ」

と言った。

三十三日目でしたという声とぜんぜんちがう声だった。

奥さんは庭に目をやり、

「知らないわネーェ」

と言った。

誰もいなくなって、私と兄はまんじゅうを一つずつもらった。

小さな白木の位牌《いはい》をかざった棚を、板の間につくった。

位牌の横に小さな小さな骨箱があった。

骨箱は白い布にくるまれて、てっぺんに白いひもが花模様のように結ばれていた。

私はそれに感心した。

その横に、隣の小母さんがくれたレモンイエローの着物の入った箱が立てかけてあった。

隣の小母さんが座って泣いていた。

小母さんは、レモンイエローの自分の買った着物を見て泣いた。

大人は、死ぬのがわかっている赤ん坊のために、急いできれいな着物を買うのだと思った。

箱に入っているきれいな赤ん坊の着物は、死んだあと飾るためにあるのだと私はずっと思っていた。


真っ暗な闇の中に、鮮やかな緑色のきんきら模様の布をかぶせてある棺桶が、宙に浮いている夢を見た。

夢の中では、母が死んで入っているのだった。

目をさますと真っ暗だった。

私はびっしょり汗をかいていた。

私は暗闇の中で目をこらした。

すると夢と同じ、きらきら光る緑色の布をかぶせた棺桶が、宙に浮いてゆらゆら動いていた。

青い空、白い歯

昭和十九年に北京《ぺきん》から大連《だいれん》に移った。父の転勤だった。父は満鉄調査部という、あとで知るが、スパイ活動などもやっていた部署の学術調査団で、「中国農村慣行調査」という民俗学のようなことをやっていたらしい。しょっちゅう出張に行っていた。奥蒙古《もうこ》や、やたら辺鄙《へんぴ》なところに行っているらしく、帰って来ると食べたことも見たこともないあめやら菓子の土産物《みやげもの》が嬉しくてトランクをあける父の前にペタッと座って胸をどきどきさせていた。

五歳だった。幼稚園に行ったが、三日ほどでやめてしまった。ブランコに乗ると、目のつり上がった三角顔の男の子がブランコを横にゆらして私のブランコに激しくぶつけて来た。次の日から私は家の前のアカシヤ並木の下にしゃがんで、土を釘《くぎ》でほじくったりしていた。二、三日たつと幼稚園の子ども達が通りを行列して横切っていた。皆キャアキャア叫び、リュックサックをしょって、水筒をぶらさげて、嬉しさと楽しさが固まりになって移動して行った。しまった、私は自分が幼稚園をやめてしまったことを心底後悔したが、人生にはとり返しがつかないことがあると子ども心に納得した。そしてまたしゃがんで土をほじくり返した。

昭和二十年四月に小学校に入った。赤レンガ造りの立派な学校だった。私のクラスは魚住シズカという若い先生だった。昼は食堂で食べた。広い食堂のテーブルには白いテーブルクロスが設置されデザートにアイスクリームが出ることもあった。アルミだったのだろうが、皿は銀色に光っており、楕円形で中が三つに仕切られていたが、皿の中身は何一つ覚えていない。アイスクリームしか記憶にない。魚住先生は私が嫌いらしかった。隣の席のハナハタ君が、授業中私のスカートの中に手をつっこんで来るのだ。そのたびに私は大声を上げ、先生は近づいて「どうして佐野さんは静かにできないの」と言ったが、私はハナハタ君がスカートの中に手を入れて来ると言えなかった。

ルーズベルトが死んだ日のことを覚えている。社宅の裏庭の生け垣の側《そば》で、六年生のカッチャンが、「ルーズベルトが死んだ、勝った勝った」と踊り狂っていたのだ。異様な熱狂はすぐ子分共に伝染し、私達は五、六人で、「ルーズベルトが死んだ、死んだ」と輪になって踊り回った。そのあと、そのへんの枝をひろって、生け垣をバシバシたたき回った。私はルーズベルトの写真も見たことがなく大統領という言葉さえ知らなかった。アメリカの天皇だろうと思った。アメリカの天皇が死んだんだから、日本の天皇陛下は生きているから勝ったんだと思ったのかも知れない。夕方だったのか曇った日だったのか、暑くも寒くもなく、今でもその情景は透明な灰色である。

あとで知ったが、ルーズベルトは四月十二日に死んでいる。

八月十五日、大人たちはひそひそしていた。家には父の親友の山口さんの奥さんが来ていた。山口さんの小父《おじ》さんはほんの少し前赤紙が来て徴兵されていた。もう三十を過ぎていたと思う。奥さんは二十五歳くらいだったのだろうか。小父さんが出征した日、うちのたたみの部屋で小母《おば》さんがたたみにつっぷして身をよじって変な大声を出して泣いていた。のたうち回っている感じだった。私は子どもだったがなんだか見てはいけないものだけどずっと見ていたいものを初めて見た。山口さんの小母さんは白くてむっちりしていた。

その日私達は十二時に学校の校庭に集まった。ものすごい晴天だった。私の一生の中で大連の昭和二十年八月十五日より青い空はない。あの日の光より明るい天気を知らない。生徒の前に先生達が一列に並んでいた。異様な空気だった。私は覚えていない。軍服に黒いブーツをはいた校長が、何か話していた。何を言っていたのか覚えていない。すると拡声器から大きなザーザーザーという音がした。鉄板に砂を流すような音だった。男の子が「天皇陛下の声だ、天皇ヘイカだ」と小さい声で言い、それがさざ波のように伝播《でんぱ》して行った。ブツブツにとぎれて変な声がきこえる。フツウの人の声と話し方ではないのである。ザーッザーッの中から「タエーガタキヲタエ、シノービガタキヲシノビ」という声がきこえた。その声だけがザーッザーッの中から現れたのである。私はあんまり変なことばと調子だったので、自然に笑いが腹から湧き上がるのである。周りを見ると皆下を向いてやっぱり笑うのをがまんしている男の子達の顔があった。しかし、生まれて初めて人々は天皇の声をきくのである。異様な緊張も張りつめていたのである。

　そのあとのことは覚えていない。校長がまた何かを言ったはずである。ゾロゾロと近所の子と帰った。家へ入ると、母と山口さんの小母さんは、ハンカチで目を押さえて泣いていた。今度は小母さんはちゃんと座って、静かにハンカチで涙をふいていた。いやな感じがした。「負けたの」と私が言うと、母が「終わったの」と言った。「勝ったの」とまたきくと母は「終わったの」と言った。私が裏庭に出ると子ども達が集まってガヤガヤした。私はボスのカッチャンの側に行った。カッチャンは「負けたんじゃない、終わったんだ」と母と同じことを言っている。カッチャンは「負けたんじゃないから勝ったんだ」と言った。「終わったことは、勝ったんだ」と誰かが言った。「勝った、勝った」と皆が叫んだが、そこにいた全部の子どもが、何かインチキくさい匂いを感じていた。「ワーイ勝った、勝った」。皆、またルーズベルトの時と同じに踊り狂いだした。その踊りはルーズベルトの時と何か違っていた。どこか心棒が抜けているような気がした。勢いも弱いのである。私達は勝った、勝ったと踊りながらはっきりと負けたんだと自覚したような気がする。

　それから表通りにゾロゾロと出て行きペタンと並んで座った。通りはしんとして誰も歩いていなかった。あんなしんとした街はあの日の前も後もなかった。年かさの女の子が、目の前のアカシヤの木にとびついて、葉っぱをむしった。アカシヤは細い茎に楕円形の葉が十枚くらい並んでいる。私達はいつもそれでイロハニホヘト遊びをしていた。自分の葉っぱを決めて、その葉の先を少し切る。そして根元の葉からイロハニホヘトと数え「ト」になった葉っぱを捨てる。それをくり返す。二度目くらいで、自分の葉っぱが「ト」になれば捨てられて負けであるが、運よく自分の葉っぱだけが残ると勝ちである。あの時五、六人の子どもがいた。カッチャンもイロハニホヘトと数えていた。なんだか皆仕方なしにイロハニホヘトをやっているだけで心の中がウロウロしていた。空は青く、ピカピカした明るいアスファルトの通りが白く光っていた。

　その通りを一人の九歳か十歳くらいの中国の男の子がはだしで石炭の袋をかついで歩いて来た。顔も手足も真っ黒である。もしかしたら上半身は裸だったかも知れない。よく見る風景だった。そういう子どもがたくさんいたのだ。そういう中国人の大人も見慣れた人達だった。明るい大通りをその子一人で歩いて来た。そして私達の方に顔を向けて、歯をむき出してにやっと笑った。笑ったまま、歩き続け私達の前を通りすぎても顔をよじって笑い続けて行った。顔も体も石炭で真っ黒なので笑ってはみ出た歯が異様に白かった。それは天皇陛下のザーッザーッ放送よりショックだった。その子に、座り込んでいた子ども達は一様にこん棒でなぐられたように固まった。その時カッチャンが小さい声で言った。「勝ったと思って」「いい気になって」「チャンコロのくせに」それをくり返した。私もしり馬にのった。あの時決定的に皆わかった。負けたということが。そして、皆何もわかっていなかった。私達がどうなるのか。

二学期になって初めて学校に行った。どやどやと座ったばかりの時、先生が荷物を全部持って廊下に出なさいと言った。そのまま階段を降り始めた時、下から中国人の小学校の生徒がどーっと列になって上がって来た。中国人の小学生は八月十五日のはだしの子どもと同じ笑い顔をして歯を出していた。私達は無言のまま階段ですれちがい、それが学校に行った最後の日になった。先生は何も言わず私達も押しだまったまま家に帰った。私は真新しい六角形に折った紅白のはちまきを机のふたの下に忘れて来た。

私はそれだけが、惜しかった。

百日草

引き揚げて三ヵ月もたたない五月に四歳の弟が死んだ。死ぬ前の日の午後、私は弟を連れて田んぼにかえるの卵をとりに行った。

弟は元気がなくむずかり、私は弟の帽子の中に、ところ天のようなかえるの卵を泥といっしょに入れてやった。弟は田んぼのあぜ道の石にこしかけてメソメソと理由もなく泣いた。かえるの卵も喜ばない弟の手を、私はじゃけんに引っぱった。

家では六歳の弟が死にかけていた。熱を出し、うわごとを言っている六歳の弟を、台所に手伝いに来ている伯母たちが、「今夜は、もつまいよ」と言っていた。

その弟の隣で、四歳の弟はあっという間に死んでしまった。むずかる弟の手をじゃけんに引っぱったことを、私は悔やんだ。

伯母たちは、「タダシが死ぬとは思わなかった。てっきりヒロシだと思ったねー」と、かけが外れたように気落ちした声を出した。

弟は驚くほど小さなお棺の中に入ってしまった。

次の年の夏の初め、兄が十一歳で死んだ。

兄はとっておきの夏がけふとんをかけて、ぺったんこのうすさで死んだ。私は兄と一心同体だったから、兄の死を信じるわけにはいかなかった。

私は父が泣いたのを初めて見た。父の泪《なみだ》に、私は裏切られたような、満足したような気がした。五人の子供が三人になって両親は急に優しくなった。

次の年の夏、母は大きなおなかをしていた。

弟が死に、兄を失ったことを私はおしんだが、新しく妹だか弟だかが生まれて来ることを、私は別にうれしいとは思わなかった。小さな赤ん坊が、死んだ兄の代わりになるとは思えなかった。

引き揚げてすぐ住んだ伯父の家から離れた、四軒しか家のない部落に、私たちは移っていた。家の前の田んぼが、富士川の川原のそばまで連なり、家のそばに小さな川が流れていた。

父はその川ぞいの細い道に、百日草を果てしなく植えた。

背の高い百日草は、ほこりをかぶって、夏じゅう咲いていて、しっかりと丈夫な丸い花を見ると、暑さをさらに強く感じた。

四軒しか家のない部落にどこからかお産婆《さんば》さんが来た。

八月七日の真っ昼間だった。八月七日は七夕で、日の照りつけるのき先に、七夕の竹が、ひらひらと色紙をつけていた。

しめ切った座敷で、異様な声を母は出していた。

隣の板の間で、十歳の私と、死なずにすんだ弟と、小さな妹が、母が声を出すたびに、耳を両手で押さえて丸くちぢこまった。

板の間のたらいの中に、大きなまんまるなすいかがあった。

母はいつもたて縞のもんぺと上着を着ていて、おなかが大きくなると縞がすいかの模様のように見えた。私はたらいの中の大きなすいかが、隣の座敷で赤ん坊を産もうとしている母のような気がした。

父は、たらいのすいかの前で、ひざをかかえて座っていた。母のうめき声が大きくなって、私は家の前の川っぷちに行った。そして、何をしてよいのかわからないので、百日草の花びらをむしって一本を丸坊主にした。

しかし、生まれる瞬間をたしかめたかったので、たらいの前にもいたかった。それに

「生まれたら、すいかを割る」と父が言っていたので、すいかのそばにもいたかった。

私がもどると母の声はさらに大きくなっていた。

もしかしたら母は死ぬんじゃないかと、私は耳を押さえながら心配した。

「ほら、もうすぐ生まれるぞ、男だぞ」私は何でもいいから、早く生まれて欲しかった。

母のうめき声をもう聞きたくなかったし、すいかも食べたかった。

そしてついに赤ん坊の泣き声がした。母は赤ん坊が生まれたとたん、ごく普通の声で、お産婆さんと話をしていた。私は、何だか、だまされたような気がした。

生まれて来た赤ん坊は小さな女の赤ん坊だった。

父はすいかを大きなまな板の上で割った。私はもも太郎のおばあさんになった気がした。

二人の兄弟を失って、欠けたままになって妙に落ち着きがなくなった私たちの家に、その小さな赤ん坊は、家族の形のきまりをつけてくれた。

二つ違いの兄がいて

二つ違いの兄がいた。兄は心臓が右にあって弁膜症で紫色の唇と紫色の爪をもち、やせこけて、目玉ばかりが大きかった。私達は手をつないで眠り、父が兄を叱ると私は側《そば》で泣いていた。私が失敗すると兄は私のまわりでうろうろし、時には、私のおやつを力ずくでうばい取り、私は恨みで身もだえ、やがてケロリとして、一緒に遊んだ。

私は兄が絵を描くのを誇りと尊敬でほとんど恍惚《こうこつ》とし、兄が命令すれば、私は全能力をふりしぼってそれにこたえようと願った。

私が外でいじめられると、兄はどこにいてもすっとんで来て、「誰だ？」目をむいて細い足をふんばり、全く強そうでないので、散っていく子供達の態度は実に歯切れが悪かった。兄がころがされて男の子達にけとばされている時があった。私は太い薪《まき》を拾って、泣きながら、一人ずつ、男の子達のおしりを力まかせになぐって回った。「すげえ」と言って、男の子達はどこかへ行き、泣きながら、兄は立ち上がり、立ち上がりながら私をにらみつけた。

私は誰に教わったわけでもない。兄もまた、知っていたわけではない。私達は共に生きて行くのに助け合わねばならなかった。助け合うという気持ちさえなかったかも知れない。成長して離れて一人ずつの人間になる前に、兄は死んだ。

「愛」ということばを知らない私達はそうやって生きていた。兄の死はかけがえのないものが、奪われ失われることがあるということを私に教えた。多分私は愛というものの原型を意識化する前に覚えたのだと思う。

男を愛し子を産んだ。子を産むことで、私は与えるだけの喜びを知らされた。それは私が創ったわけではない。子供が誕生と共に私に与えたものであった。

愛した男を失った。それは私の中で失われ、失われたものをまじまじと見つめる地獄を知った。あらゆる宗教はやがて失われていく愛をおそれた人間の知恵が創ったのかも知れない。

ゆるやかに崩壊していった家庭を営《いとな》みながら、私は一冊の絵本を創った。一匹の猫が一匹のめす猫にめぐり逢い子を産みやがて死ぬというただそれだけの物語だった。『一〇〇万回生きたねこ』というただそれだけの物語が、私の絵本の中でめずらしくよく売れた絵本であったことは、人間がただそれだけのことを素朴にのぞんでいるということなのかと思わされ、何より私がただそれだけのことを願っていることの表れだったような気がする。

とおい草のにおい

名のついている小さな花は草ではない。たとえすみれが散ったあとの葉っぱでも。木は草ではない。それがとても低いかん木でも、私にとって草はもう終わってしまっている。今私は海辺の浜で、空地で雑草をおびただしく見る。あるいは芝生に生えて来る草を引き抜いて黒いビニール袋につめ込むこともある。でも、それらのものは、ただなつかしいもの、本当は私にとって無縁なものとして生い茂っている。

子供の頃、私は草ともっと一体になって生きて来ていた。草は私と気分的だけでなく物理的にも近かったのだ。私は小さくて、地べたにはいつくばるくらいの大きさしかなかったのだ。子供の頃私はいつもしゃがみ込んでいたような気がする。しゃがみ込むとすぐ草の葉っぱをつかんでひっぱってちぎらずにいられなかった。

ちぎった葉っぱを私はかならずくんくんかいだ。くんくんかいだあと私はそれを口の中に入れた。口に入れるとはじっこから歯でこまかく噛《か》んだ。それぞれの青くさい苦みを私は区別することができた。かやつり草のしんを引き抜いて友達と草ずもうをする前に、私はかやつり草のしんのほの白い茎を少し食べた。やわらかくて甘かった。

一人で学校から帰る時、野っ原の道のわきに生えている裏の白いぎざぎざの葉っぱをちぎって、指先でこすって葉の裏の白い粉を落とした。葉っぱは黒ずんで、私の手の中で生あたたかくなった。粉をこすり落とすと私はそれを捨て、また新しい葉っぱをちぎっては同じことをくり返してあきることがなかった。指先は草のしるで、青茶色になり洗ってもなかなかとれなかった。

真夏に、野原や山道を歩くと、私は両側から生い茂る草の中に埋まってしまった。地面からの熱がこもって草いきれの中を進むと、暑いということが本当によくわかった。暑さは上の太陽から私をやくのではなく地面から私をむし焼きにした。草いきれの中にもはや酸素の一滴もないような気がして、熱い空気を吸った。吸っても吸っても苦しくて私は死ぬかと思い半分泣いていた。

何のために私はそんな難行苦行をしたかと言えばただ、その草の向こうの友達のところに遊びに行くだけで、行っても友達は、ただ一言「あとで」と言うこともあった。それでも私は私を埋めてむれているすすきの葉っぱの間を息もたえだえに進んでいくのだ。もう私はあの熱い草のにおいの真ん中を進むことはない。

すすきの間から、顔だけつき出すくらいにはでかくなってしまった。

芝生の雑草をつぶして匂《にお》いをかいでも、子供の頃のように強い匂いが私の鼻をつくこともない。かすかな草くさい匂いの向こうの幼い日をもどかしくかぎ分けようとしているだけである。

「鈴木医院」の鈴木先生

家から歩いて五、六分のところに、ピンクと茶色がまざったようなペンキを塗った新しい家が建った。住宅地の外れで、「鈴木医院」という小さな看板が出て、病院ができた。

昔からその町に住んでいる人は、鈴木医院のお医者さんを子供の時から知っていた。

「ガキのころは、鼻たらしてヨウ、ポケッとしておったわさ」

「双子だだよ、二人とも鼻たらしてさあ、どっちだかわかんないけど似たようなもんだ」

出身校の私立の医大は、

「鈴木先生が入った学校だもん、たいしたことねーずらよ」と学校のランクまで評価した。私はその前を毎日通って学校へ行ったが、いつもしんとしていて、看板のかかっている玄関から人が出入りするのを見たことはなかった。

医者の姿も見たことがなかった。

そして、鈴木先生が父の最期《さいご》を看取《みと》った。

父は、ただただやせていき、原因がわからないまま、いろいろな病院を回り、最後には上京して東大病院に入院し、もしかしたらガンかもしれないからと試験開腹というのまでやった。お腹《なか》を開いてもガンは見つからず、また腹を縫い合わせた。

一日一度回診する教授は、天皇のように尊大で、そのあとをゾロゾロとたくさんの白衣の若い医者がくっついて歩き、一分もベッドの側《そば》に立っていなかった。

父は手術の前の日、三四郎池に母を誘った。母は、学生だった父と散歩したところに結婚して十七年目に誘われて、父は手術をしても無駄《むだ》だと覚悟しているのだと考えた。手術は父を衰弱させただけだった。

家に帰って来て、父は鈴木先生のところに下駄《げた》をはいてヒョロヒョロ出かけていった。私は薬を取りにいき初めて鈴木先生を見た。先生はまだ若くて、背の高くない色白でポッチャリした人だった。

患者は誰もいなかった。薬は先生が自分で袋に入れた。

「ビタミン剤だからね、お父さんにそう言ってね」

母は薬の袋を見てため息をついたけど、下駄をはいてヒョロヒョロ出かけていく父を止めはしなかった。

「えらく正直な医者だな。腕組んで、わからないなあ、わからないなあと言いやがる」

大学病院で見放された患者がヒョロヒョロ歩いてやってきて、鈴木先生は困っただろうと思う。父は先生よりずっと年上で、誰にでも一種の畏《おそ》れを持たせてしまう雰囲気があった。

「変わった医者だな。『内科全書』というのを持ってきて、僕はもしかしてこれじゃあないかと思うけど、佐野先生はどう思われますかと俺にききやがった」

鈴木先生が見つけたのは、進行性筋萎縮《いしゅく》症という病名だった。

体の末端がしびれてきて、舌の感覚がなくなってきていた。手を開くとそのままもとにもどらなくなり、父はもう一方の手でまた折り返していた。私達はそれをじっと見ていた。

先生は往診に来るようになった。

「この薬は劇薬で、しびれを治しますが、食欲がなくなります。どうしますか。それでもいいですか」

父は同意した。キニーネという薬を先生は持ってきた。

父は律義《りちぎ》に先生の薬を飲んだ。

先生は玄関に入ってくる時から全身、一生懸命だった。ハッハッと息を荒らげて玄関に入ってきた。

父はやせたあばら骨をひろげ、先生は真っ赤な顔をかたむけて、父のあばら骨に聴診器をあてた。あんなに胸に顔を近づけて聴診器をあてた医者を、私は見たことがない。父はヒョロヒョロと起き上がり、「飯でも食っていかないですか」と茶の間にふらつきながらやってきた。

先生はこたつにかしこまって入り、父は非常に機嫌《きげん》がよかった。

機嫌がよくてもほとんど食欲がなかった。

「医者は外科に皆なりたがるんです。僕も外科になりたかったんです、手術の時、眼鏡がくもるんです。僕が糸を結ぶのを見ていて、教授が〝鈴木君、外科はやめた方がいいねェ〟と言いましてねェ」

先生のまるまっこい手がどんなに一生懸命糸を結ぼうとしていたか目に見えるようだった。そうして、二年間、鈴木先生は毎週二回ハッハッと玄関を入ってきた。そしてブドウ糖だけ打っていった。

父は誰かれかまわず毒舌をはいた人だったが、鈴木先生にはていねいな敬語を使い、私が顔中しつこい吹出物が出ているのを見て、「先生のところに行って薬をもらってこい」と言った。

誰もいない明るい診察室で先生は白いぬり薬をくれ、「あんた、変わっているねェ」と玄関で靴《くつ》のひもを結んでいる私の横にしゃがんで言った。

私の吹出物は全然治らなかった。

「やぶ医者だからもう行かない」私は父に言った。

父はただ笑っていた。

父はほとんど起きられなくなり、昏睡《こんすい》するようになった。弟が自転車で先生を呼びに行った。往診かばんを弟の背中と自分のお腹にはさんで弟の胴に手を回して自転車の荷台にのってやってきた先生は、自転車が止まる前にかばんをつかんでとびおりた。

「ご親戚《しんせき》の方をお呼びして下さい」と先生は母に言い、それからずっと父の側に座っていた。そのまま先生は病院に帰らなかった。

せまい茶の間にあふれているご親戚の中で先生はじっとかしこまり、時々お茶をのんで何も言わなかった。

笛のような音を出して最後の息を吸い込んで父は死んだ。

大晦日《おおみそか》の夜中で、もう元旦になっていた。

父の腕を右手で握りつづけていた先生は、「三時十三分です」と言い、左手で眼鏡をとると左腕を目にあてて泣いた。

父が死んで二十五年たつ。

父は、またとない医師を得て死んだと思う。

清濁あわせ飲んで嘘も方便

母親は実に頑強《がんきょう》な人だった。健康な人であったと言っても同じであるが私は頑強と言いたいのである。陽気で騒々《そうぞう》しくエネルギーに満ちて、終戦引き揚げ、子だくさん貧困、という時代をとにもかくにも生き抜き、四人の子供を残して父親が死んだ時は、母の妹である叔母は「姉さんはあなたのお父さんの精気を吸いとっちゃったのじゃないの」と小さい声で私の耳もとでささやいた。

「私って人が好いのよねェー」というのが母の口癖で、まんまるな顔でころころと無邪気な声で笑われると、ふとそうかしらんなどと思ってしまうが、なかなかの悪知恵だってちゃんと引き出しの中になくて、どうして四十二から未亡人を張って来られたもんか。私は母の悪知恵だって立派なものであったと、文句などつけはしない。中でも私が感心するのは「清濁《せいだく》あわせ飲まないであんたは生きて行けるつもりなのか」と子供の私に度々《たびたび》説教し、私が白目をむいてにらみつけると、「嘘《うそ》も方便ということがどうしてわからない」と泪《なみだ》さえ流したことである。

だからといって母がサギ師であったとか他人をあざむいて生きて来たというのではない。小心な市民、善良な母、つつましい妻であったと思う。中国人が家の中のものを持ち出そうと車を横づけにして土足で家に入って来た時、子供をぞろりと並べて、めちゃくちゃな中国語で、「主人は戦死し、私は病気でこの通りの子だくさんである。どうか、あなたにも子供があるならわかってくれ」と鼻をふきふき大芝居を打ったくらいのささやかなスケールであった。中国人はそのまま何も持って行かずに出て行った。その五分後に、そのへんを散歩していた戦死していたはずの父は、鼻歌をうたいながら帰って来たのである。私達家族はそうやって幾度となく母に守ってもらって来たにちがいない。父は四人の子供を残して死んで断腸の思いではあっただろうが、頑強で生きる気迫充分な母が妻であったことに手を合わせる気持ちであったであろう。父はしょっちゅう風邪をひいたり、あちこち悪かったりして床《とこ》につくことがあったが、そんな時父は実に我慢強くただただぺったんこの体をふとんにあお向けにさせておとなしく天井を見上げているか本を読んでいた。母が床につくことなどほとんどなかった。私達は母のことを天然自然のおてんと様のようなものだと思っていたのである。

それだって母も人間である。何年に一度は風邪をひく。当たり前である。その時私達は恐怖であった。家事労働するのが嫌《いや》なのではない。医者を呼びに行くのが嫌なのではない。父が留守の時の母の風邪が恐怖なのである。熱が八度くらいを超すと床の方から息もたえだえな母の声がするのである。

「洋…子」「洋……子」来たーと思う。

私が顔を出すと、

「み・み・み・んなよんで…来て……ちょうだい…」

と消え入りそうな声を出す。

私を頭にして四歳の妹まで、

「そ・こ・に・並んでちょうだ……い」

と言われれば、母の横にゾロリと正座せねばならず、弟などはこぶしを握りしめて、ひざにのっけている。

「お・母・さんが・死んだらね、みんな……仲・よくしてね」

私達はまさか母が死ぬなどと思っているわけではないのに泪が流れ出すのである。四歳の妹などは声を出して泣くのである。

私なんかはどっちらけて阿呆《あほ》らしいのであるが、ひくひく肩なんかはふるえて、しかも大きくうなずくのである。

そして一刻も早く母の寝床の側《そば》から解放されたいのであるが、聞いたこともない優しげな声で「もう、いいわ、さ、行きなさい」と今すぐにでも死にそうな声を母が出すまではじっと我慢の子をやっていた。

そして二日もすれば母は、不機嫌と陽気と気まぐれの声を張り上げて、もう少し世間並の母親らしい女らしい立居ふるまいをしてくれぬものかと考えた。

父がいる時、母は私達を並べて、「私が死んだらね」などと言わなかったのは自分でも少し芝居じみていたと思っていたのだろうか。

それから、私は上京して母と離れて暮らすようになった。

その時すでに未亡人になって孤軍奮闘していた郷里の母を、私は気にはしていたが、あの頑強さとエネルギーに安心もしていた。

それが時たま、すっかり滅入《めい》り込んでしまうことがあった。

時々母から手紙が来る。その手紙の字が、実に滅入る、変体仮名なのである。読みづらい上に、「お母さんが・死ん・だら・ね…」と同じ調子の芝居がかっている手紙なのである。「嘘も方便とわからぬか」と私をどやしつける現実の母はどこにも居ず、新派の舞台の水谷八重子みたいな母が変体仮名の中に現れるのである。そして、手紙の最後に、「母より」と書かれている。

何が不似合いかといえば新派の水谷八重子のような「母より」という文字に私は滅入った。私は自分が母を愛していないのではないかという自責の念に苦しめられ、さっとひとなでするだけで母の手紙をよくは読まなかった。

私達は元気な母に育てられ、大人になってからも、母が、とにかく陽気で頑強であったことにどんなに感謝するかということを姉妹が集まると話をする。

「だけど、あれは何？　風邪ひいてさ、母さんが死んだらね、って言うのと、あの手紙……」

京都の妹は、お腹《なか》をよじって笑うのである。私達は、何故《なぜ》母が、にわかに感傷におそわれるのかということをあれこれと分析する楽しみをいつまでも捨てられないでいる。

「顔は似て来てもさ、あの芝居っ気だけは遺伝してないよね」私達は確認し合う。


この間体の調子が悪くて私は入院した。

私は病院のベッドのふとんをかぶって考えているのである。

「××ちゃん（息子の名前である）母さんが死んだらね…………（私は母より知的であると自負しているからこの間の文句は母よりずっと文学的である、それに実にとめどなく長い。そして最後にこうしめくくるのである）母さんはね、いつだってあなたのことを誇りに思っていたのよ」

私はふとんをかぶって泣いているのである。私と息子がちがうのは息子は私のベッドの横などに来もせずに、母の留守を幸い遊びほうけていることである。

妹が来て「少しおどかしといたからね、大事にしないと母ちゃん死ぬよって。そしたら何て言ったと思う！　あの人ちゃんと保険に入っているのかなあってさ」

冗談じゃないよ全く。

二

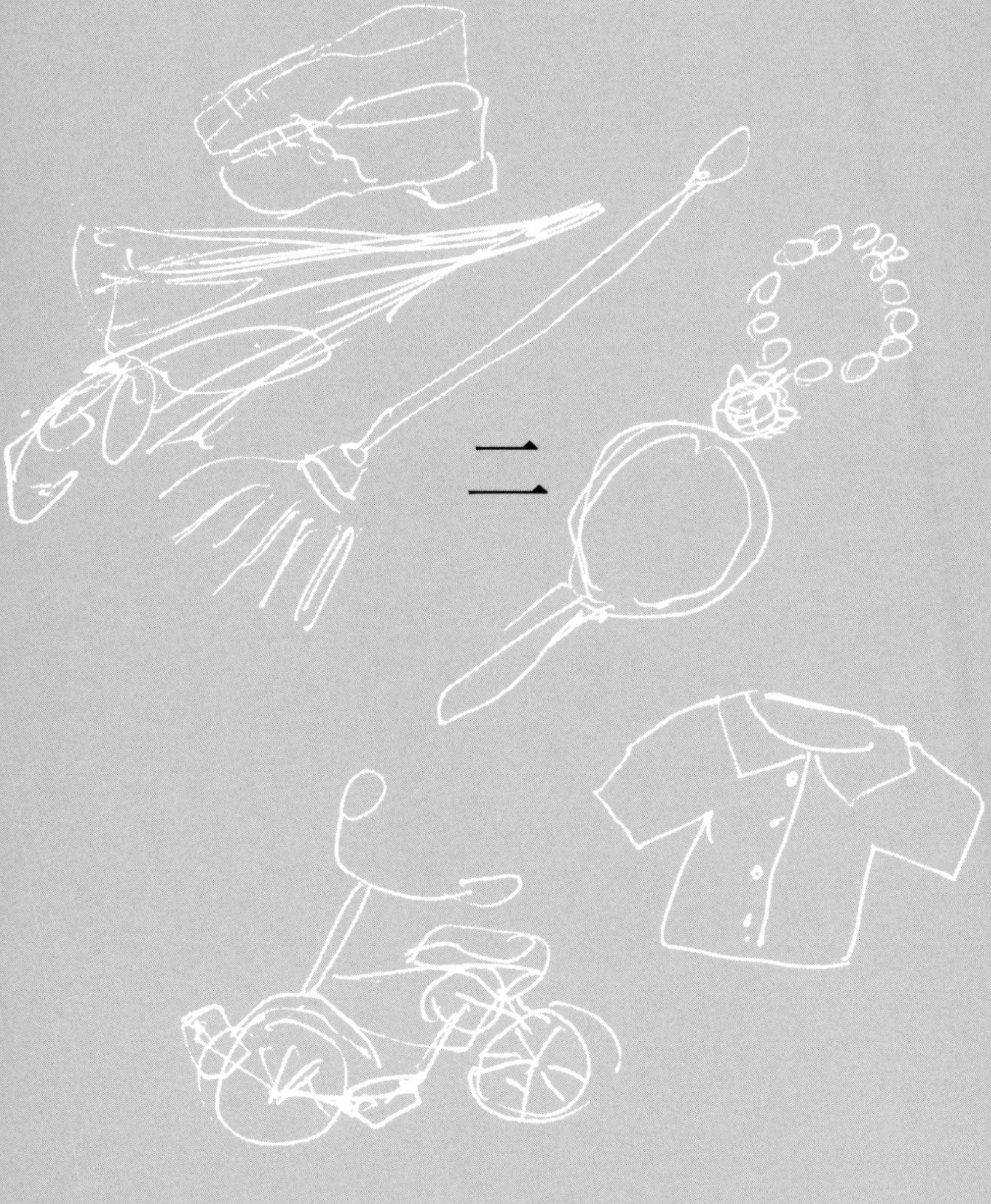

葬式が好きです

不謹慎だとは思うが、私は葬式が好きである。生まれて初めての葬式は生後一ヵ月の弟が死んだ時で、私は四歳で、葬式の何たるかを知らず多分死の何たるかも理解せず、庭にあふれた人を見て興奮し、山盛りの葬式まんじゅうに驚き、坊主《ぼうず》のケサは私が見た一番のけんらんごうかな衣装であった。

あのわくわくしたときめきは、お祭に行く時よみがえって来た。しかし、いくら脳天気な私でも、葬式が何たるかを知るほどには成長したのである。私は車を買い換える時、考慮する唯一《ゆいいつ》の常識は、この車で葬式に行けるかということだけである。私が好きな葬式は、充分すぎるほどこの世に居続けて、眠るかのごとく大往生した人の葬式で、泣く人が一人もいない、集まった人が、何やらうれしげではしゃぎ回ることが望ましいのである。そういう葬式にぶちあたると本当に武者ぶるいがする。

「もしもし、私、私だよ。わかんねえ、厚子だよ、アハハハ」「あらあ」「わかんねえよな、もう十五年ぶりだもんな、久しぶりに会いたいと思ってねェ、油屋のオッチャンが死んだだよ、葬式にちょっくら来ねェ」「えーっ、あの人まだ生きてたの」「そうだだよ、死ぬのちぃっと遅すぎたけんどもね、八十九だもんで」「行くよ」

　私は十五年ぶりに従妹《いとこ》の家に行った。従妹の家に行くと、中年太りの従妹の家に、あと三人の従妹が集まって来て、「いやあ、うれしいよう、会えるとは思わなかっただよゥ」と言う従妹達は制服のような黒いワンピースに真珠のネックレスをつけて、私の車に乗り込んだ。「あの、お香典いくらにした」「洋子ちゃんは」「わかんないから一万円にしたけど」「一万円なんて出さねえでええよ、何しろ油屋のオッチャンはけちだから、うちのバアさんの時三千円しか出さなかっただよ。五千円でええよ」「そうだよ、ふだんけちだもんで、こういう時損するだよ」「本当にけちだったんだから、私思うに、けちだったのはオッチャンじゃなくておばさんだったんだよ、おばさんの方がタチが悪かっただと思うよ、オッチャンはおばさんの言いなりだったんだよ、ほれ、おばさん利口だもんでオッチャンをけちに仕立ててただよ」「えーそうなの」「ねえ、本当はオッチャンは気がいい人だったと思うよ、おばさんが全部たきつけていただよ」「へえー、そう」葬式は山の中のかつて私が子供の時引き揚げ者として肩身狭く暮らしていた家の座敷で行われていた。こたつに入った切りのオッチャンのつれ合いは真っ白な髪をして、にこにこして笑っていた。

「お前は誰だね」「洋子です」「おー洋子か洋子か、利一はどうしている」利一は私の父で二十七年前に死んでいるのである。「大変だったわね、おばさん」「ほんに、ところでお前誰だね」もうエンドレスレコードである。座敷の中は、幼友達の父親ばかりと思うと、幼友達が父親と同じ顔をして同じ声を出しているので幼友達と思うのはその息子達で、親戚《しんせき》って本当にうす気味悪い。葬儀委員長は従妹の父親で村の老人会の会長である。「故人は八十九歳で、老人会では三番目の年長であられました。これで老人会の八十歳以上は十三人になったわけで七十歳を含めると老人会は二十四人で……」と年齢だけを数えるのも面白いのである。

台所に行くと村の婦人会が茶わんを洗いながら、「梅屋のばあさん百だよ、百。あそこんちには嫁が三人になっちまったんだよ、まだやってるだよ、三人で嫁姑《しゅうとめ》のけんか、誰が勝つと思うね、百のばあさん。最後に言うだよ、この家に一番最初に嫁に来たのはわしだって、七十二のかなさんこの間泣いてたわ、百で、まだ針の糸通すだよ」「まだ三、四年もつんでねえか」「もつねェ」「死ぬの忘れてるだよ」焼き場は遠足である。

山間《やまあい》のうら淋《さび》しい焼き場の白い煙を見て泣く人など誰もいない。

従妹は待ち合い室の茶わんの中をのぞき込みながら、「やっぱ番茶だ。一番安いんのにしただな。うちの母ちゃん時は、ちゃーんと、お茶が黄色っぽかっただよ。ほれ、池屋のおばさんあんなに笑っちゃって、きれいにぼけちゃっただな」「ねーあの人誰」「いやだあ、アサヒコちゃんじゃん。はあ毛がほとんどねえだよ」夜は従妹の父親の葬儀委員長の巨大な松のある家の座敷で寝た。寝ようと思うと「これ、洋子、起きろや」と葬儀委員長が酔っぱらって枕元《まくらもと》に座り込んだ。葬儀委員長は八十一歳である。「洋子、わしゃ、この年になってよーくわかっただ。人間に一番大事なもんは何か。愛だな」私は八十一歳の葬儀委員長の口から「愛」などということばを聞いて、とび起きた。大丈夫、伯父さん。「人間死ぬ時になって初めて、人間の値うちがわかる。何に現れるか。洋子、わかるか、香典に現れる。今日のオッチャンの香典、百十三万二千円、村長までやった人間の香典が、百十三万二千円だよ。うちのバアさん百六十万だった。女だよ、百姓のバアさんだよ。それも五年前で、物価も今とはちがう。この差が愛の差だよ。人望がなかっただな、オッチャンは」八十一歳の葬儀委員長は一人深くうなずく。

「お父ちゃん、梅屋はヒサシさんとオジチャンと両方香典出したのかね」従妹は愛の具体性にこだわっているようである。

　次の日も晴れ上がって、松の巨木の陰の縁側に、人が集まって来た。

「ここから見ると油屋の柿の木ばかにでかいだな。家が段々小さくなって来るみてえだな」

「油屋のオッチャンも悪い奴《やつ》だったな。偉そうに咳《せき》ばらいだけして、ろくに口もきかねえで、いばりくさって、ありゃ、女房がよくできていて、都合の悪いことは、ひゃあ、全部女房に言わせただな」「そういうこった。うたさんは気が強そうに見えたが、ありゃ亭主がさせていただな、自分は咳ばらいだけしていい子にしていられただ」「うたさんは優しい人だったよ」不思議ではないか。男と女では全く評価がちがうのである。女は女にきびしいのか。男は男に甘くないのか。いや女は男に優しかったのか。男は女に甘かったからなのか。縁側の男達は、心優しく見える。

私は車にまた従妹達をつめ込んで、楽しい葬式をあとにしたのである。

村の家の間をくねくねと走る道を用心深く下りると「あれ、梅屋のばあさん」。

「どこに」「まだ見えないけど、曲がった石垣《いしがき》にはりついているだよ」「どうしてわかるの」「あの石垣のところんにばあさんの気配があるだよ、ほれ」本当だった。梅屋のばあさんはぺったりと石垣に両手をひろげてはりついてじっと道をにらんでいる。

「おばあちゃん、達者でなあ、また来るからなあ」従妹達は手を振った。

「何しているの」「誰がいつ帰ったか調べているだよ。洋子ちゃん、今度いつ会えるかな」「今度は誰の葬式になるかなあ」

私葬式好きです。

死んだふり

○子様

初めて蛇を見たのは、九歳の時、引き揚げて父の田舎に行った時です。「青大将」というのをまず知りました。大将と言われるだけあって、なかなか太く長いのがいました。畑にも土手にも山にもいて、するすると草むらなんかに吸い込まれていく。

それからヤマカガシという黒と赤のまだらの蛇を知りました。それは特別のヤマカガシで、従姉《いとこ》のあこちゃんちの裏の石垣に住みついていて、もんのすごく太いのですが、それが、石垣から出て来たのは一度も見たことがない。のたくって固まってからんで全然動かないのです。それをつついたりすると、あこちゃんのおばあさんにしかられました。

そのヤマカガシはあこちゃんちの守り神だったからです。青大将は、こわくない蛇で安心だと自然に知りました。そして両方とも食ってもうまくない。食ってうまいのはシマヘビで、あんまりたくさんいないので、私はついにシマヘビを食えませんでした。

あこちゃんと山へ遊びに行って、九歳のあこちゃんはシマヘビとマムシを間違わないように非常に用心深く、マムシではないと分かると、むんずとシッポをつかんで目にもとまらぬ速さで空中でぶん回し、あっという間にペシペシと地面にたたきつけると、蛇はダランと一本のひものようになり気絶する。「ヤーこりゃ、青大将だあ、食えんわ」

私は今でも小さいあこちゃんの輝く早わざに胸がドキドキします。いつか、私もあこちゃんのように、ブンブン蛇をふり回せる日が来るだろうかと幼いながら向上心を持ったことがなつかしい。

のびた蛇を私はしゃがんで見ずにはいられませんでした。小さな小さなうろこがびっしりしっぽまで連なり、自然にうろこがもっともっと小さく並んで消滅したところが蛇の体の終わりで、その中に黒っぽいしまが整然と混入している精巧さは神秘的でした。

「死んだの」と聞くとあこちゃんは「死んだふりしてるだヨウ」とスタスタ歩み去る様は正に達人の風格がありました。

少しあたたかくなると、一メートル半くらいの長い青大将が私の家の庭を横切っていきます。毎年横切っていく。まだ芝生が茶色い時です。

そして、生けがきのそばに、脱皮した皮が残っていることがあります。そっくり首から下が蛇の形の完全な姿でカサコソと音がします。少し古くなったトレーシングペーパーのように半透明で、うろこの形も完ぺきで、私は脱皮する瞬間をこの目で見たいと思います。私が蛇だったら上手に脱皮できるだろうか。痛いのだろうか、むずがゆいのだろうか、苦しいのだろうか、いい気持ちなのだろうか。

　私は脱皮した皮を見つけると、何だか大もうけをしたような気分になり、そうっとひろって飾っておく。すごく感心して、こんな大きいのはめずらしいとほめてくれる人と、「キャー、捨てて、捨てて」とさわぐ人がいます。

　ある日、ガラッと音をたててガラス戸を開けると茶色い芝生の上に太い長い木の枝が置いてありました。こんな太い枝どこから飛んで来たんだろうとよく見ると、蛇でした。蛇が固まって、死んだふりをしているのです。

　ガラス戸の音で、危険を察知したらしい。私はいつ動き出すのか、しゃがんで見始めました。蛇は動かない。そのうち、茶色くなってゆくのです。本当の枯れ枝のふりをしている。私はそっと立ってうしろに移動し、三メートルくらい移動した時、蛇は突然青大将の色になって、ニョロニョロと動き出し、私はダダッとガラス戸のところまで行くと、また、死んだふりをする。

　その時上の方で鳥が横切りました。一瞬私は空の方を見てしまいました。芝生を見た時、枯れ枝も蛇も消えていました。私が目を一瞬離したこと、どうして蛇は知るのでしょう。

○子さん、もしも人生の危機に面したら、死んだふりをしましょう。いかなる不幸も一瞬目を離す時があるにちがいない。どんなにガンコな不幸も油断するにちがいない。
その一瞬をつるつると逃げて、生きのびましょう。

鳥が空をとんでいても気の毒には思わない

生き物の中で、猫ほど人間にとって丁度よいものがあるだろうか。大きさが、本当に丁度いい。大きすぎず小さすぎず持ち上げて重くなく軽すぎない。さわると丁度よい工合に気持ちよい。固すぎずやわらかすぎず、冷たすぎず、熱すぎない。なめらかでやわらかい毛をなでていると平和な気持ちになれるし、やわらかい毛の中あちらこちらに指をもぐらせるのはほとんど性的快感ですらある。その上キャンともほえない。かすかににゃあーと言うくらいで、音もなく歩いてくれる。

私は人間がペットを持つことに何か割り切れない人間のエゴイズムを感じて、犬にリボンをつけて、靴をはかせたりする人を見ると、不愉快であるし、猫に、鯛のさしみを差し上げる人も好きではないが、猫の人間にとっての丁度よさを見ると、仕方ないのかなあと思ってしまう。

どこに行っても野良猫がいるが、野良猫を見るとちょっと気の毒になったりして、新宿の地下道の人を思いうかべたりする。

鳥が空をとんでいても、気の毒には思わない。猫は人間とずい分永い間とにかく仲よくやって来た方の生き物である。猫を何万匹も飼って、その肉を売ってやろうと思う者もいないようだし、その毛皮でコートを作ろうとたくらんだ者もいなかったような気がする。時々しゃみせんの皮になる猫がいるらしいが、一家に一台のしゃみせんがあるわけではない。

猫は犬よりも馬鹿なのか勝手なのか、犬のように、人間に愛されることや役に立つことに情熱を持っていないような気がする。少なくとも家の猫は私が外出する時、犬のような素振りはしない。犬は私がタバコを買いにいく時でさえ、これが今生の別れかと思うほどの悲し気な目付きをする。タバコ一個買って帰って来ると、南極から生き返って来た人を迎えるように嬉しがる。騒々《そうぞう》しいものであるし、あの目付き、身振りは負担である。男ができたてのもてない女みたいである。猫は散歩に連れていかなくても勝手に出て行くし、けものくさくない。おしっこが猛烈にくさいが外で用を足してくれれば、いつも体中をなめ回して身ぎれいである。

本当によくできている。

私は猫を飼っているが、猫好きが見たら、気にいらない飼い方しかしていない。キャッツフードと水だけで、だしを出した煮干しや残った魚の頭や骨しかやらない。たまにかまぼこをやると興奮して身もだえしている。優しいことばをかけてやるわけではなし、寝る時は部屋にかぎをかけて入れない。猫はこたつの中かストーブの前の座ぶとんで寝ている。全てこちらの都合で、気まぐれに寒い夜、息子が無理やりにふとんの中にひっぱり込むが、別に嫌がりもしない。

だから、私は家に猫がいると思っていることがないのかも知れない。空気や家具のように思っているのである。しかし、もう十一年も私の家にいるのである。猫中心に私の生活を数えることがないのであるが、数えてみると十一年は短くない。

三度も引っ越しをした。子供は六歳から十七歳になり、六歳の面影もない大男である。離婚もしたし、家族構成も変わった。その十一年を考えると、私は毎日猫と暮らして来たのである。息子と大立回りをやった夜も猫はいたのである。たくさんの仕事先の人が家に来たが、お金の話をしている時も猫はいたのである。一日も家を空けたことがない猫である。家に私が帰ると、どこからか静かにニャーと出て来る。玄関をあける前から、そっと座って三つ指をつく奥さんのような風情《ふぜい》でいることもある。私は、ああいたと思うだけで、抱きしめたりしてやらない。

しかし、猫一匹が家の中にいるということに感激することがある。人がいない家は人がいない時死んでいる。無人の家に帰って、電気をつけ、がたがた歩き回って始めて、家は生き返る。しかし猫が一匹その中で生きていてくれると、生き物一匹がいるということで、家は生き続けている。ということが玄関で猫に出会うとわかるのである。

外に出て電車の中でそのことを考えると、私はありがたいと思い、十一年か、もうすぐ天命をまっとうしてしまうかも知れない。そしたら、私が帰ったら、ニャーとも言わない家がしんとしてあるかと思うと、あせって来る。あーもっと大事にしてやろう。しかし、大事にするってどうすればいいんだ。いまさら急にベタベタするわけにもいかないし、家の猫はそういうものだと納得しているだろう。鯛のさしみを食わせるほどの経済力はない。病気の時は病院に連れていっている。何をすればいいんだ。私は年取って毛が抜けて、しっぽが細くなった猫をただ見ているだけである。そして、電車や車の中で、「あーミーニャが死んじゃったらどうしよう」と思うばかりである。私は猫のことは何一つわからない。ものを言わないし、家にいない時、猫が外で何をしているのか知らない。

いつか、家から少し離れた林の中で、家の猫が、四角い石の上にのっておごそかに座っていたのを見た。その平べったい四角い石は、桜の木の下にあり、猫の上で桜の花が満開であった。あまり猫がおごそかに泰然としていたので、猫がその桜の木の所有者のように見えた。私は感心して少し卑屈な気持ちになった。

それから何をしているのだろう。私の知らない所で。

猫が何にも言えないのをいいことに、私は猫の前でずい分恥ずかしいことをたくさんしているような気がする。

トイレの途中の電話をスカートをまくりあげたまま取ると、猫が静かに私を見ていることもあった。さして広い家ではないので私生活は猫に対してまる出しである。

誰にも見せたくない仕事机の上で、じいっと両手を折って時々目をあけたりしている。忙しさにかまけて、ほとんど猫など目のはしにしか入れていない私でさえ、ああはるばる十一年も生きて来たと感傷的になるのであるから、例えば猫と二人でひっそりと暮らしている人など、どんなに情を通じていることだろう。人間は猫がもの言わぬために一方的に猫との交わりに、イマジネーションを増幅させることができるからである。いくらでも微妙に細やかな情を通じさせることもできるし、できたと信じることで関係が成り立っている。

そして、猫は美しい形と体の動きを持っている。私は猫ほどエレガントに歩く人を知らないし、猫ほど美しい瞳を持った女も知らない。

そして猫ほど静かな女もいない。

猫から見たら、人間はドタドタと騒々しくむやみにでっかい生き物ではないだろうか。

女の老人とおばあさん

日本には老人はウンカのごとく、湧き出《い》でる燃えないゴミのごとく存在するのであるが、「おばあさん、おじいさん」というものはいなくなったと、すでに老人の域に達している私は思うのである。そう言えばアメリカにもヨーロッパにも「女の老人」「男の老人」はいたが、「おじいさん、おばあさん」は久しくいないのではないか。私の知っている西洋のおじいさんやおばあさんは童話の中にいたのだった。

アメリカの海岸に初めて行った時、鯨《くじら》のようなトドのような「女の老人」がゴロゴロころがって日光浴をしていた。女の老人は巨大な肉のかたまりで、全身は硬い金色の毛が光り、シミ、ソバカスを盛大に浮き立たせ、それをわずかなビキニでおおっていた。そのビキニにしろ水着にしろショッキングピンクやらエメラルドグリーンや黄色、赤などの、これ以上派手な大柄な模様というものはないと思われるものをまとい、手に太い金グサリやプラスチックの輪っぱをジャラジャラつけて、実に堂々ところがっているのである。

私は恥ずかしいものだと思いながら、西洋というものは何しろ絶対に良いものであると思っていたから、日本のばあさんのように目立たぬよう、出しゃばらぬよう、地味に装うということは時代遅れなのだ、ただでさえ年をとるということは肌がうす汚くなるものであるのだから、明るい色で、元気にしおたれをぶっとばすほどに美しい色で、老いと戦わねばならぬのだ、やっぱ西洋人の果敢な生き方は違うものだ、早く日本のばあさんもサーモンピンクのワンピースなどを着るほど、文化的に進んで欲しいと、目を丸くしながら鯨を眺めたのであるが、心の底の底の底の底の方で、趣味悪い、気味悪いと思ったことを、今になって認めるのである。

そしてあっという間に、日本のばあさんは、しっかりアイシャドーをしわの間に埋め込み、口紅を唇の面積より一ミリくらいはみ出させ、さわればパラパラと粉が落ちそうな厚化粧となり、首にも腕にも金《ひか》り物をじゃらつかせ、堂々と立派な日本の女の老人となって、私などの中婆から見ても十歳や二十歳いや三十歳くらい若く見える女達が出現したのはめでたいと言わねばならぬ。そして気が付いたら日本中「分相応」「わきまえ」などという垣根は全部とっぱらわれていたのである。

本当にめでたいことである。おばあさんでない日本の女老人達は、肉体を装う革命をなしとげたばかりでなく、服装、化粧など表面的なものばかりではなく、中味、つまり精神に於《お》いても、「分相応」「わきまえ」などというものも外見とおなじになったのである。
つまり老いは悪である、生命は戦いとるという積極性、死は忌《い》み嫌うものである、たとえ死病に見舞われても勇気をもって価値ある時を生きねばならぬ、命は地球より重いと合唱するのである。私は偉いと感心するし、ハッハーと頭が下がる。頭が下がりながら、引き裂かれる。

もっと自然の摂理に人は従うべきではないか、ババくさくなるというのは人間、また自然の創造物である限り、木が枯れてコブだらけになって倒れるようにあの世に行ってもよいのではないか。

そして私は突然保守反動民族主義者になろうと決意し、昔のバアさんのようになろうと思った。馬鹿な私がやみくもにつっ走ったのが、着物を着たばあさんになるという、過激な短絡思考である。

短絡思考はどこへ走ったか、呉服屋である。行って驚いた。金持ち奥様風、お嬢様用、おばあさん用、世界にこのような多様な生地、染め方、模様、織り物がかつてあったであろうか。品のいいバアさんが歌舞伎で遠目には地味な無地に見えるものは、よく見るとグレーの細い縞地色か色っぽいサーモンピンクが入っていたりする。生地を見ているだけでも色っぽい。小さい小さい千鳥が染めてあったり、それに何より季節というものが衣服の中に存在する。私は夢中になった。それにばあさんになったら一日中バアさんなのだから、私は朝から夜まで着物を日常着とせねば、帯をといたらすぐジーパンに足をつっ込むことなどしたくないと、高々と志をかかげたのであるが、これが無理なのよ。

二階の階段を登るのでさえ、足がからまる。台所の高いものを取ろうとすると胸のあたりがぐずぐずする。四つんばいになってぞうきんがけをするには尻ぱしょりをせねばならぬ。生姜《しょうが》を買い忘れて自転車に飛び乗ることもままならぬ。しかし私の子供の頃は、近所の小母《おば》さんも半分くらいは着物を着て赤ん坊おぶって、たらいで洗たくして、ヤミ市で買物もして、竹竿《たけざお》で子供を追い回していた。戦時中のもんぺだって、ジャージー上下より風情《ふぜい》というものがあった。あの人達は、洋服の自由を知らなかったのだ。知らないことはないと同じである。

若い時は肌を露出するのは美しい。問題は小母さんからばあさんにかけてである。私はあきらめ切れなかった。映画やテレビドラマに懸命に目をこらし、着物ばかり見ていた。侍は、着流しのままスラリと人を切ったりする。忠臣蔵だってたすきがけだけである。活動できぬというわけではない。私は女の忍者に目を付けた。あの者たちは四メートルもの木にとび付いたりする。電車に乗る時だけ忍者のはかまを着て、階段とびはねるのはどうであろう。

その頃、大変美しい老婦人が一生着物だけしか着ていなかった人だったが、街で夏、黒地の蚊がすりのうすものをすらりと着ているのに出会って、なせばなるのだと勇気が湧いた。しかし彼女は八十三歳を過ぎたら、「洋子さん、もう駄目なのよ、立ってふん張って帯をしめるのに足もとがふらつき始めたの、ズボンはいたらもう着物は着られないわ」

　彼女は日本の美しいきものと訣別《けつべつ》する悲しみと新しく得た自由とに、大変複雑な表情をしていた。

　インド人が堂々とサリーを着て世界中を歩いているが、あれは民族の誇りか、あるいは近代化が遅れているだけなのか、私は自分の着物をときどきなで、うぢうぢしているのである。

銀の杖

十八歳からの友人の三千子さんは四十五歳で脳卒中を患《わずら》い、半身不随になった。病気になって彼女がまず目を光らせたものは上等な杖《つえ》を探すということだった。あり金をはたくと言う。しかし、なかなか日本は上等な杖というものが発達していない。西洋骨董《こっとう》店で私も探したが、きゃしゃすぎたり、デコラティブすぎたり、実際に使用するには古すぎたり、目の玉が飛び出るほどだったりで、何年かたってしまった。ある日彼女と私はデパートで、あまり期待しないでステッキ売場を通りかかったら、あった。黒檀《こくたん》の本体に、実にシンプルできれいな形の銀の柄がついている。

一瞬の迷いもなく彼女は、「これ」と言った。けっこうなお値段であったが、満面の笑みをたたえた彼女は「なんの、なんの、これしきのこと」と豪胆なのである。

さて、その優美にして格調高いステッキを我がものにした彼女は、「これを持って一番ぴったりの場所に行きたい」と言いだした。我々が頭をひねった末それは世界一のホテル、タイのオリエンタルホテルではあるまいかという結論に達した。誰も実際には知らないが、世間の噂《うわさ》を信じたのである。

初老の夫婦二組は成田空港に結集した。車椅子《いす》を亭主に押させて、空港のロビーで彼女は、美しいステッキを振り回して「ここ、ここ」と呼んでいた。

実にオリエンタルホテルは世界一であった。もっと豪華なもっとものものしいホテルを知っているが、オリエンタルホテルは、そのエレガントさにおいて世界一である。そこに働く人達が実に音もなく、しなうように動く。タイ人は頭部が日本人のように臼《うす》をのっけているかと思う人はいない。小さな頭部とほっそりした体、足が長く、なめしたような褐色の肌をしている。そして西欧人のように、必要以上にでかすぎたりしないのである。サービス業であるからにこやかな表情と笑顔を絶やさないが、その笑顔が職業用仮面のようではなく、自然に思えるのがすごい。西洋人や日本人を教育しても何か持って生まれた民族としての優雅さが違うようなのである。

我々はゆるやかな河を前にした、眺めのよいヴィクトリア朝の部屋で南国の花をベッドの上にも発見したり、枕《まくら》の下に「美しい夢を見られますように」と書かれたきれいなカードにびっくりした。

河に向かった広々とした花に囲まれたテラスでお茶を飲みましょうと彼女達を待った。

中年の太っているアメリカ人夫妻、ドイツ人の女の二人連れ、ビジネスマンらしいフランス人、新婚らしい日本の若い男女達、そのお客の誰よりも、立ち働いている若いウエイトレスやウェイターの方が格段に品格があるのである。我々夫婦は一体どんなに見えるかと思うとお客であるのが何やら恥ずかしい気がする。

その時、ブーゲンビリアのアーチの下を車椅子にのった彼女と半分白髪のまじった亭主が現れた。彼女はしずしずと近づいてくる。車椅子はいつだってしずしずである。彼女はあの銀の杖をひざの上にのせてやや憮然《ぶぜん》とした表情である。

憮然としているのが上機嫌の証拠のような人なのだ。

亭主は注意深く妻を押している。

妻はブルーのスーツにクモの糸のようなスカーフを巻き、その上にブーゲンビリアのアーチである。何か、圧倒的な威厳と品格があった。威厳と品格を助けているのがあの銀の杖ではあるまいか。

テーブルに近づくと彼女は銀の杖を握って立ち上がると河を眺めた。

「ふっふっふ、私ってこういうところが好きなのさ」

「あんたばかに本物の金持ちっぽく見えるよ」

「そうかしら、ふっふっふ」

銀の杖をそっとテーブルにたてかけた彼女に私は何やら妬《ねた》ましい気持ちが湧《わ》くのである。

オリエンタルホテルには車椅子と銀の杖がよく似合う。

こわーい

私は五十歳を越えた。いくつ？　いいの、とにかく越えたのよ。で困るのは、自分の目が自分の顔の中にあるということである。あんこうのように目玉が遠くでプラプラしていて、自分の顔が四六時中見えてれば、自分の面《つら》を見て、いやでも自覚する。鏡を見た時だけギョッとするが、すぐ忘れる。美人じゃなければなおさらすぐ忘れようとする。どうも人間は、客観的な年齢と主観的な年齢を年々歳々しっかりとは一致させられていないのではないかと思う。ことに仕事をしている時など、年のことなんか忘れている。しかし、仕事をする編集者の年齢が、だんだん若くなって行くのには気がついている。

　この間の編集者はとても若かった。何かすごくかしこまって、私のこと先生なんて言う。もう少し私が若かった時は、先生と呼ばれることに抵抗があったが、私がアホだと言うことがわかると、先生がサノさんになり、そのうちヨーコさんと自然になって行って、そうなると友達だか、編集者だかわからなくなって、仲良く仕事をして来た。

　その若い女の子は「先生に絵本をお願いしたいと思って……」と何だか、石みたいになって言う。私は足を組んでたばこをプカーッ「どんな?」「あの、先生は子供の気持ちをよくわかっていらっしゃって」「あのね、私、わかんないよ、だいたい人間は人の気持ちなんて本当はわかんないのよ。わたしは自分が子供だった時の気持ちを覚えているだけで、自分の子供の気持ちだって、わかったことないと思うよ」。プカーッ。「あ、そうですね。あ、そういう意味じゃなくて……」「まいいよ、それで」。プカーッ。「あの、おじいさんとおばあさんが主人公の絵本をお願いしたいと思いまして」「おじいさんとおばあさんのどういうの」「あの、私、まだ若いのでおじいさんとおばあさんの気持ちがわからなくて」「ふふふ、私、五十だけど、八十のばあさんの気持ちわかると思う?」。プカーッ。「えっ、そういう意味じゃなくて、すいません、失礼しました」「別にいいのよ、で、年寄りの何を絵本にしたいの、ただ、おじいさんとおばあさんが出て来ればいいの」「あの、ほのぼのとした……」「あのね、おじいさんとおばあさん、ほのぼのしていると思う? もうすぐ死ぬ人間が、どんな孤独か、八十のおばあさんが、とんでもなくひがみっぽいとか、ぐちっぽいとかあるけど、そういうの全部すっとばして、ほのぼのだけ絵本にするの?」「………」。プカーッ。「私、よく考えて来ませんでした。すいませんでした」「何となくわかるんだけど、何か、あなたのイメージがよくわからないのよ」「すいません」「いいのよ。あなたいくつ」。プカーッ。「あ、二十二です」「あらあ、若いのねえ」。プカーッ。

私その日機嫌が悪かったのかしら。いやなババァと思ったろうな、もう、あそこから仕事来ないかも知れないな、まいいか。

家に帰ったら二十二のバカ息子がとんねるず見てだらしなくゲラゲラ笑っている。それをじいっと見ていたら、今日来た女の子のことが気になって、気になって仕方なくなった。すごく悪いことした。相手が、中年の海千山千の女や男だったら、思っていることを言ってよくても、このとんねるずのバカ笑いと同じ年の子にはおのずから言い方というものがあったのだ。私、自分の年忘れていたんだ。

友達の家に行ったら二十二歳の女の子がいた。

「ね、ね、フミ子ちゃん、あなた、五十のおばさんこわい？」

「うちのお母さん？」「そーじゃなくて、例えば、あなた、アルバイトで五十くらいのオバサンいたりするでしょ」「うん、小池先生なんか？」「そうそう」「もーすごーいこわいですよ、あのね、別に、こわいこと言ったりするんじゃないんだけど、いるだけで体がコチコチになって、イヤー今日いるウー、と思うだけで緊張しちゃう。私なんか、アルバイトだから、口きくことなんかないんだけど、一年の時、私仕事してたらうしろに来て立ってるの、ふりむかなくてもわかるの。それでね、『どれどれ、一年生は図面はどんなかな』って言ったの、フツーの声なんだけどさ、冷や汗がたらーってたれて、手がブルブルしちゃった。こわいですよウ。それでね、三年生の時また、夏休みのアルバイト頼まれて行ったのね。けっこう小池先生に気に入られていたんだと思うけど」

「そんな何年も行っていたら、親しくなって、オフクロと一緒のバカとか思わないの」

「全然。そしてね、私シコシコ図面引いていたの、そしたら『シミズさん』って先生が言ったの。何か失敗したかと思って、『ハイッ！』って自然にとび上がって直立したらね、『お菓子あるわよ』って」。話ができすぎじゃない。「でも小母《おば》さんどうしてそんなこときくの」

それで私は、その若い女の子のことを話した。

「ウソーッ。コワーイ」フミちゃんは一々声をあげる。「小母さん、どんなかっこうして言ったの」「こうやって、たばこのんでぇ、だって、あんまおとなしいからたばこのまないと間《ま》がもたないんだもん」「ウソー、コワーイ。だって、その人、私と同じ年でしょ、もう今日、その人家で泣いてますよ」「そうかあ、こわいの」「だって、年だけでこわいのに、小母さんみたいな顔して、ポンポン言われたら、あーかわいそー」「そんじゃ、やっぱ、私なんか仕事するんだから年かんけいない、対等だって思っちゃいけないの」「そんなこと思えませんよぅ」「それじゃまるで、私シゴキしたみたいじゃん」。フミちゃんが一段声を高くして言った。「小母さんシゴキじゃないよ。イジメだよ」

そーなんだ。もう若いもんは、五十のおばさんなんか、うっとうしいばっかなんだ。うっとうしい上に、「あんた、それどういう意味。プカーッ」なんてやられたら嫌だよね。だんだん孤独になってゆくんだ、こーやって人間は。

「小母さんどんなかっこして行ったの」「ゾーリみたいなサンダルにジーパンでかご持って行った」。フミちゃんは優しい。「あのネ、小母さん、もうちょっとお化粧して、きれいな洋服着た方がいいよ。ア、ダメ、その年の上にセンス良かったらもっとこわい」

えーい、どうせいって言うんだ。私はうちしおれて、八十のバアさんの孤独に一歩一歩近づきながら、家へ帰った。

フツーに死ぬ

医者はレントゲンをとって、血液検査をした。猫のくせにレントゲン？　血液検査？　医者は大きなレントゲン写真二枚をビューアーにはさんで、真面目な少し沈痛な面持ちをしていた。

「ガンですね」。は？　は？　は？

「ここ、すい臓、こんなに大きく変形しています」。テニスボールほどの丸い部分をさして医者は言った。

「それから、この肺のここ、ここ、転移していますが、原発はどこかわかりません。もし調べるなら、腸や胃の検査してもいいですが、どうします？」「それって原発がどこか調べるだけなんですか」「そうです」「治りますか」「これだけ広がっていますから、手術してガンの所を取ってもねェ、内臓全部やられていますよねェ」「手術しないでいいです」

えーッ、ガン！　猫なのに。「どれくらい、もちますか」「うーん、何とも言えませんねェ、一週間かもぅ少しもつか」。えっ、一週間？　えっ。「体重三キロへってますねェ、脱水状態ですねェ、水飲んでなかったと思いますよ。点滴して抗ガン剤入れてみますか。何にもしないで、安楽死といぅ選択もありますが」。安楽死といぅ言葉を医者は言いにくそうに小さな声で、私の目を見ないで言った。点滴をしてもらうことにして一泊入院することにした。

　次の日、猫はえさをぺろぺろたくさん食べたそうだ。ステロイドの注射もしたと医者が言った。ステロイドって、運動選手がドーピングに使うんだっけ？　いつか九十二歳のおじいさんが骨折して入院して、もう寝たきりになってしまうかと思われた時、ステロイドを注射したら突然おき上がって、病院の廊下をスタスタ二周もしたことをきいた。注射が切れたらまたストンと寝てしまった。

　医者が白い小さな丸薬をくれた。「抗ガン剤です」。口をこじあけてのどの中に放り込むように教えてくれた。

「もし薬がきいたら、進行を遅らせることができますが」と医者が言ぅ。進行を遅らせるってことは、少し寿命が延びるってことなのか。

　フネは金物のおりの中でうずくまっていた。刑務所に似ている。私がフネなら刑務所の中で死にたくない。

「もしすごく苦しんだら、家で安楽死させてくれますか」

「その時は連れて来て下さい」。私は黙りこんだ。

私はフネを見たままずっと黙っていた。

「なるべくなら病院で」。医者は沈黙に耐えられないらしかった。沈黙に耐えられない人は良い人だなあと思う。私はそれをぐいっとつかんだ。

「もしもの時、電話してもいいですよね、来てくれますよね」

フネを連れて帰った。

フネをフネの箱の中に置いた。冬中足温器を入れた箱の中に毛布をしいてあった。

フネはじっと目をつぶって置いたままの姿勢だった。箱のそばに水を置いてスーパーに行った。ステロイドはやっぱり一瞬のドーピングだったのだ。

一番高いかんづめを十個買った。コマーシャルで、シャンペングラスの中に入っていてチンとグラスをたたく奴だ。私はコマーシャルを見るたびに、ヘン、猫なんぞにぜいたくさせちゃいかん、とんでもねえと腹が立っていたものだ。

魚の白身、とりのささ身、ビーフ、レバーと何種類もある。奇蹟が起こるかも知れん。ふだんコロコロした兎《うさぎ》のふんみたいなものだけ食わせていたから、白身の魚のあまりのうまさに、パクパク食べてガンがだまされるかも知れん。レバーなんぞペロペロ食べたら、もしかしたら肝臓のガンも負けるかも知れん。高いったって安いものだ。しかし奇蹟は起こらないだろうとも思う。

小さな皿にスプーン一さじをとり分けてフネの鼻さきに持って行った。

匂いをかいでフネは一さじ分を食べた。私は勇んでもう一さじを入れた。フネは口を閉じたまま私の目を見た。「ねえ、食べな」と私は言った。私は自分の声に気が付いた。全然猫なで声になっていない。私は一生猫なで声というものを出したことがなかったらしい。フツーの声しか出ないのだ。フツーの人は皆猫なで声が出るものなのだろうか。猫は猫なで声をかけてもらいたいのだろうか。

「ねえ、もう一口食べてみな」。フツーの声で私はまた言っているのだ。フネは私の目を見ながら舌を出して白身を一回だけなめた。私の声に一生懸命こたえようとしている。お前こんないい子だったのか、知らんかった。

気が付くとフネは部屋の隅に行っていた。


本当にあと一週間なのか。もしかしたら、今そのまんま死んでしまっても不思議はないのか。苦しいのか。痛いのか。ガンだガンだと大さわぎしないで、ただじっと静かにしている。

畜生とは何と偉いものだろう。

時々そっと目を開くと、遠く孤独な目をして、またそっと目を閉じる。

静かな諦念がその目にあった。

人間は何とみっともないものなのだろう。

じっと動かないフネを見ていると、厳粛な気持ちになり、九キロのタヌキ猫を私は尊敬せずにいられなかった。

時々じっと動かないフネの腹のあたりを見た。かすかに波打っている。父が死ぬ前、うすべったくなった父の胸のあたりのふとんをぬすみ見た時のことを思い出した。そんな時不意に父が目をあけて、私を見ると、私はへどもどしたものだ。

まだ生きている。

時々おき上がって、砂箱に小便をしに行った、時々は水を飲んだ。そのうちたれ流しになるのだろうか。たれ流ししてもいいからね、たれ流ししてもいいんだよ。でもなるべくたれ流さんでくれる？

一カンのえさがなかなか空《から》にならなかった。

フネはじっと静かにしているのに、私は騒いだ。

サトウ君にも「フネがガンになった、今日死ぬかも知んない」。マリちゃんとサトウ君は静かに玄関から入って来てくれて、「え、お前どうしたの」と言ってくれた。フネは、はて変だなお前ら、と思うかも知れない。

アライさんちに行っても「うちの猫、ガンになって死にそうなの」と報告した。

アライさんは、「ほう、そうかね。うちのも昨日死んだ」とふだんと同じ顔をして言った。アライさんちの猫は納屋の二階でお産をして、そのうちの一匹はどうしても地上におりて来なくて、五年間納屋の暗い二階で生きていた。時々アライさんがはしごにのって、おしりだけ出していることがあった。五年間毎日えさをやっていたのだ。

アライさんが入院した時、奥さんが最初の面会に行ったら、アライさんは一言、「猫」と言っただけだったそうだ。「私にえさやれってことなんだよね。猫のことだけ心配だったんかね」と、奥さんは不平そうに言ったっけ。

あの猫は初めて地上におりた時は、穴の中に埋められる時だった。私はアライさんにフツーではない声を出したことを恥じた。

マコトさんにもアケミさんにも「フネがガンなの」と言いつけた。マコトさんは「あー、あれはいい猫だった、なかなか人物だった」と過去形で言った。そうだったのかも知れないと私も過去形で思った。

一週間たった。猫の医者が「どうです」と電話をかけて来てくれた。猫の医者の半分か十分の一でも、人間の医者が患者のことを心配してくれるだろうか。退院して行った患者に電話してくれることなんかないなあ。私は、抗ガン剤を一錠も与えないですてていた。

一週間、私はドキドキハラハラ浮わついていたのに、フネは部屋の隅で、ただただ静かに同じ姿勢で、かすかに腹を波打たせているだけだった。見るたびに、偉いなあ、人間は駄目だなあ、と感心した。

十日たった。二週間たった。

「ほら、食べな」と言うと、私の目を見て一さじの半分くらい食べて、「本当は食いたくないけど、あんたが食べなって言うから、食べましたよ。ね、もういいでしょう」とその目が言っている。そんないい子しないでもいいよと思いながら、「もう半分ね、もう半分」と私は言うのだ。

二週間過ぎると、フネは死なないんじゃないか、こうやって飲まず食わずで永久に生き続けるのかも知れない。それでも砂箱に小便と糞をしに行く。ねずみの糞くらいの糞を三日に一度くらいする。一瞬一瞬今死ぬか、今死ぬかと思っているので、私は疲れて来た。何をするでもないのに、ずっと緊張していた。そのうちに、風呂場のタイルにうずくまるようになった。熱があって冷たいところに行きたいのか、暗いところで邪魔されたくないのか。音もなく冷たくて暗いところを自分でさがす。

ある日、トイレの便器の前に小さな水たまりができていた。トイレットペーパーでふくと黄色い。においをかいでみると小便くさい。フネは砂箱までもう行けなくなったのだ。風呂場の隣のトイレに必死で行ったにちがいない。ここが人間のトイレだと知っていたのだ。こんな健気《けなげ》な猫だったのだろうか。私はただのデブ猫としか思っていなかった。

顔が一まわり小さくなった。なでるとゴリゴリと頭蓋骨がさわった。

二十日過ぎた。友達が来て、「あんた、これはまだもつよ。このでかい腹はラクダのコブと同じで、このでかい腹から栄養補給しているんだよ。これがすんなりスタイルのいい猫だったら、とっくに死んでいるよ」。そうかしらん。三度トイレに小便をした。小便をした床をふいたあと、私はじいっと床を見続けずにいられなかった。なるべくなら、たれ流しにならないでね、って心の中で言ったのがわかっちゃったんだ。

ちょうど一カ月たった。

フネは部屋の隅にいた。クエッと変な声がした。ふり返ると少し足を動かしている。ああ、びっくりした、死んだかと思ったよ。二秒もたたないうちに、またクエッと声がして、フネは死んだ。全然びっくりしなかった。

私は毎日フネを見て、見るたびに、人間がガンになる動転ぶりと比べた。ほとんど一日中見ているから、一日中人間の死に方を考えた。考えるたびに粛然とした。私はこの小さな畜生に劣る。この小さな生き物の、生き物の宿命である死をそのまま受け入れている目にひるんだ。その静寂さの前に恥じた。私がフネだったら、わめいてうめいて、その苦痛をのろうに違いなかった。

私はフネのように死にたいと思った。人間は月まで出かけることができても、フネのようには死ねない。月まで出かけるからフネのようには死ねない。フネはフツーに死んだ。

太古の昔、人はもしかしたらフネのように、フネのような目をして、フツーに死んだのかも知れない。「うちの猫死んだ」とアライさんに報告したら、「そうかね」とアライさんはフツーの声で言った。

そうならいいけど

金物屋の「ウチボリ」に軍手を買いに行った。店の前のベンチにウチボリの小母《おば》さんがうちわを持って座っていた。「奥さん、いいんの着ているねェ」と私のつりズボンを見て小母さんは言った。

「あのネ、これ自分で作ったの」「アレマー、奥さん器用だねー」。私は器用ではない。

「これ、つむぎでしょうがね」「あのね、古い着物たくさんもらったの。それほどいて作ったの。この着物くれた人百一歳なんだよ」「アレマー、百一歳、あやかりたいものだねー」

私は突然つまった。私は長生きは地獄だと思っているので、百一歳にあやかりたいと素直に表明する人が、この世にいると思ってなかった。ああ、昔の人は長生きを皆で祝福したのかも知れない。本人も長生きをありがたく感謝していたのだろうか。

遠い昔、八歳の時、しばらく父の田舎にいたことがあった。

いとこのあっちゃんちのお祖父《じい》さんは、長いこと村の哲人のような存在で、中国の仙人みたいに白いひげをたらし、艶《つや》の良いつるっぱげで、土蔵を書斎にして、和とじの本をたくさんつみ重ねて端然と正調隠居というものをしていた。あとで聞いたが、じいさんは三十五歳から隠居していたそうだ。

あっちゃんの宿題は全部じいさんがやっていた。

樹齢二百年といわれた、村中で一番立派で形の良い松の木が庭にあり、あっちゃんちは村の一番高いところにあったから、その松は村中を見下ろし、貧しい村がその松のためにずい分格調が高くなっていた。

松の木の前の縁側で、あぐらをかいている白いひげのつるっぱげの中国の仙人みたいなじいさんは、風呂屋のペンキ絵が日本の風景の象徴であまりに型どおりで笑えてしまうように、日本の正しい老人の絵姿で、なかなか気むずかしいいかめしいのも笑ってしまうような景色だった。

その仙人めいたじいさんは孫のあっちゃんにはめっぽう甘く、ある日遊びに行ったら、あっちゃんはじいさんの白いひげを三ツ編にして、その先っぽを赤い毛糸でしばっていた。赤いリボンが四つも五つもじいさんのあごの周りでピンピンはねていて、「じいちゃん、動かねェでくれろ」とあっちゃんはいばっていた。

「じいちゃん、めんこいら?」とあっちゃんは言うが、じいさんは赤いリボンをぴんぴんゆらし、いかめしい顔付きをしているのだ。

大人になってあっちゃんに会ったら「ハァ、死ぬ前にじいさんはきれいに呆けちゃっただよ。ただただニコニコしているだけだったヨウ。ニコニコ笑うようになったら、ハァ、長くはねェだね」と言われた時も、世の中こんな大量の呆け老人はいなかったのだ。

「じいちゃん、うーんと気むずかしかったで、母ちゃん苦労してただけんど、死ぬ前にただニコニコして〝すまねえノウ〟だの〝ありがてえノウ〟とか、ただニコニコしていたで、仏になっちまっただね。母ちゃん、うーんと楽になっただよ」

その時も、呆け老人をのどかに牧歌的に思い、あの世への橋を渡る準備に仏になるのは、死への一つの理想のように、ぽかぽか陽のあたる風景に思えていたのだ。

それから五十年。すさまじい呆け老人を目《ま》のあたりにするようになった。

呆けて十四年、最後の二年間は体重二十四キロ。さわっても体温というものではなく、机や椅子と同じ温度、ほとんど死体。どこで区別するのだろう。意識が混濁し、娘の名前もあやふやになり始めた頃、最後まで、私のことをジロチョーさんと呼び、冷たい手で私の手をつかんでいた友人の母。

そして、わかっているのかいないのか、「ジロチョーさんはいい子です」と言ってくれたのが、あの人と交わした最後の言葉になった。わたしを「いい子」と言ってくれたのは生涯あの人だけだった。

激しい人生を、背すじをのばして誇りに支えられていたあの魅力的な女性はどこへ行ってしまったのか。変わり果てた小さなオブジェのような人を見ると、私は感想というものを持てなかった。

別の友人は、徘徊する母親の腕と自分の腕とをひもでまきつけて、何年も看護をし、あびるように酒を飲んでいた。そして母の通夜の晩、脳出血で自分も死んでしまった。その時も私は感想を持てなかった。どんな感想も言葉もその事実の前に無力だった。人は長生きしすぎたのだ。

七十七歳の母をヨーロッパ旅行に連れていったことがあった。スイスのユングフラウのふもとの、ハイジが走り回っているような村を見下ろして、母が「ここで死んでもいいわ」と喜んでいた時、空からイン石が母に命中して絶命していたら、母は幸せのまま天国に行かれただろうかと思うことが時々ある。あれから十一年、母は、私は誰？　ここは何処《どこ》？　今はいつ？　と、不条理劇の主人公のようである。たまに本当の不条理劇を見ると、「お前ら、甘いわ。言葉の不条理劇なんか、うちの母ちゃん見たら、参った、ゴメンと頭下げちゃうぞ」と、私は毒々しくなる。

それでも私はまだ甘いのだ。この村で暮らし始めて、自然と一体となって、大地をふみしめて労働している人は、あっちゃんのおじいさんみたいに、牧歌的に老いているのだろうと思っていた。

アライさんちに遊びに行ったら、「昨日葬式でノウ」と言うので、「えっ、誰が死んだの」ときくと、「隣のバアサン」と畑の向こうを指さした。隣もはるかである。
「家で死んだの」「いいや、からまつ荘だ」「呆けてたの」「そうさな、あのうちはうーんと苦労しただ」。田舎で農業やっていても呆けるのか。「私、田舎の人は呆けないかと思った」
「このへんも、うーんと苦労しているだ。とっとこ家から出ちまって、山の中に入っちまった人もいるでノウ。あっちら間に出て行っちまうでノウ。二日目に山で死んでたノウ。山に入っちまったら、さがすのうーんと苦労でノウ。ふらふら歩いていて、車にひかれて死んだ人もいるでノウ。ひいてしまった人は気の毒だノウ」。アライさんは偉い。いつもフツーの声である。

私は深く追求するのが遠慮された。

隣の赤い屋根の上に浅間が煙を出して、浅間もフツーにそびえていた。

百一歳の人の着物をほどいた。何十枚もほどいた。着物は不思議だ。ほどきながら、私は会ったこともない百一歳の人が、この着物を着てどこに行き、何をしたのだろうと思う。

黒い紋付きの羽織が何枚もある。喪服もたくさんある。誰のお葬式に行ったのだろう。一生のうちに、一体どれくらいお葬式に行くものだろう。自分の親族、夫の親族、あるいは夫の同僚の法事にも行っただろう。夫の葬式にも着ただろう。三ッ指をついて、何度もおじぎをしただろう。義理で行った葬式も、涙を流した本当に悲しい葬式もあったろう。

紺色の夏の絽もあった。水の流れる地紋がついていた。会ったこともない百一歳の人が、日傘をさして、橋の上から下をのぞいているような気がする。百一歳の人は若くて美しい。ほっそりしていて白い指をしている。不倫なんかしていたら素敵なのに。

私はどんどん着物をこわしていく。その人の思い出もびりびりこわしているような気がする。

着物は不思議だ。呉服屋で、この着物が欲しいと思う時の心のはなやぎは、多分どんなブランド物の洋服が欲しいという思いとは違う、ものすごく深い欲望なのだ。帯締一本からでも無限に広がる楽しさは、着物を着た人にしかわからない。この人がこのたくさんの着物を手に入れた時の心の躍りが、着物をバリバリばらしている私にも伝わって来る。

この人は百一歳まで洋服を着なかったそうだが、中にはほとんど一世紀、彼女の肌にふれ続けたものもあるだろう。それを見も知らぬ私が分解して、洗たく機にほうり込んでいる。彼女の一生が、こうして消えていくのだ。

私は自分の着物を考える。たいして着もしなかったが、その一枚一枚に、意気ごんで、迷い悩みながら手に入れたものへの執念は、私なりにあるのだ。できたら誰にもやりたくない。棺桶につめ込んで焼いてもいいから手離したくない。次の世代は着物を着る人などいないだろう。まとめてゴミに出されてしまうかも知れぬ。大島も八丈も区別できなくて、ただ邪魔なものになって消えていくだろう。呆けちまったら、生きているうちに捨てられるだろう。あの桜の帯も、大切なバショウ布の帯もと思うと、口惜しくて泣きそうになりながら、百一歳の人の着物をこわす。

　呆ける前に好きな人にやっちまいたいが、まだ少し早いと思っているうちに呆けちまうのだろう。どんな高い洋服でも捨てていい。でも着物は嫌だと思い、会ったことのない百一歳の人の一生をいとしく思い、アイロンをかける。

　絹物は、さき織をする友達のために、ダンボールに入れる。ダンボール二個になった。着物から洋服を作る人にも面白そうなものをより分けた。たくさんのウールの着物が残った。ふだん着にウールは安くて丈夫であたたかかったのだろう。よく着物を着るうたいの先生に聞くと、「ウールはいらないわ、家でふだん着ることないもの」と言われた。それでも私は分解してバラした。

　私が作ったつりズボンを見て、友達が欲しいと言うので、ウールの着物で作ってあげた。次から次へと友達が欲しいと言うので作ったら、十五本も私はズボンを作っていた。便利で楽なのだが、それを着ると皆ペンギンみたいに見えた。私は少しほっとした。少なくとも無駄にはしなかった。しかし、友達三人がペンギンパンツを着て家に現れた時は、四人で大笑いした。皆いいババアなのだ。

　マコトさんはペンギンパンツの私を見て、「何だ、ずい分安上がりなりしてるなァ」と言った。

　私が一心不乱にパンツを製作している最中に、百一歳の人の息子は突然七十二歳で亡くなってしまった。百一歳の人は、もうずい分前から息子も嫁も分からなくなっていた。そして誰も百一歳の人に息子が亡くなったことを告げなかった。告げて何になろう。

　ウチボリの息子さんは柔和な目付きをした優しそうな人で、店で木彫りをしていた。かなりでっかい仏像なんかを彫っている。まねき猫みたいな顔をしていると思ったら、すごく小さな木彫りのまねき猫をくれた。

「お宅のお母さん、百一歳まで生きてるよ」「そうならいいけど」と息子はまねき猫の目で答えた。

　今年の紅葉はとりわけて見事だった。車で走っていて、思わずウァーとも、ギャアーとも言えぬ変な声が出て、息がつまりそうになり、思わずブレーキに足がいってしまうほどなのだ。

　少し雨が降った午後、アライさんの奥さんを誘った。雨が降らなければアライさんの奥さんには閑《ひま》がない。アライさんの奥さんは「わたしは秋が好きだねェ」と言っていたからだ。私達は、「ほらほら」とか「アレェー」とか「見て見て」とか言いながら、紅葉のトンネルを走った。「長生きしたい？」ときくと、「来年も見たいねェ」とアライさんの奥さんは言った。

ペンギンパンツよ、お前もどこかの紅葉に息をのんだこともあるだろう。見よ、見よ、この世の美しさを見よ、私はペンギンパンツをさすりながら思った。

三

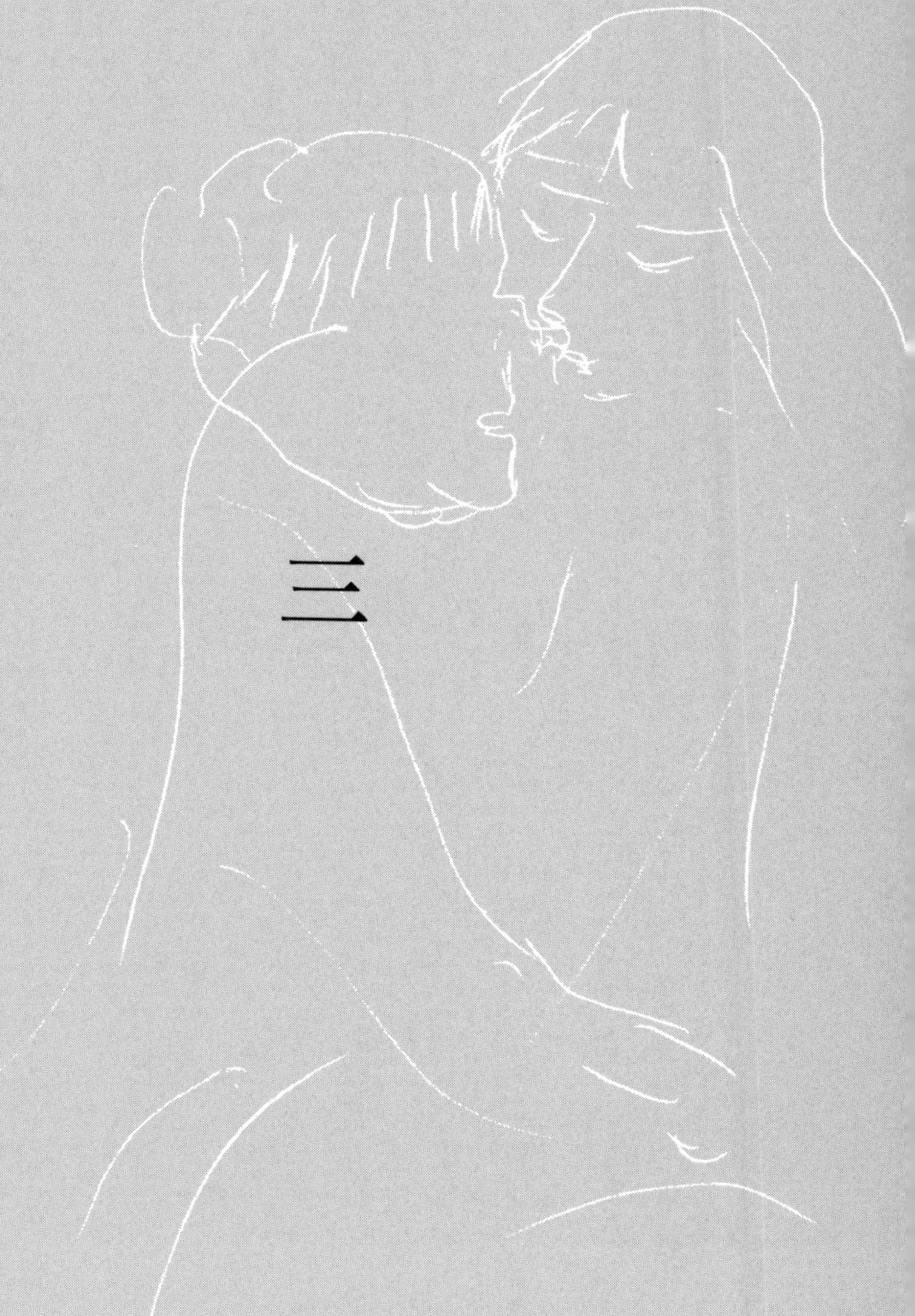

やがて子供は大人になる

私は「大人の女」を大人の女の中に見つけることができない。

その「大人の女」を私は子供の中にしばしば見つける。

妹が夫婦げんかをして風呂に入った。妹は風呂の中で泣いていた。九歳の姪が「お母さんどうしたん」ときいた。

妹は答えずに泣いていた。姪は妹の頭をなでながら「お母さんがんばらんとあかんよ。いつもお母さんは私に言うやんか、つらいことがあっても負けちゃああかんって。私だってつらいことあるけど我慢しているよ、がんばらんとあかんよ」と言った。

私は姪の中に未来を生きようとする意志と母への愛を感じる。多分子供の中におぼろげにひろがる未来にふみ出そうとする意志が頭をもたげたような気がする。

息子が五歳のとき保育園の同じ組の女の子が遊びに来た。女の子は私に言った。「わたしげんちゃんが好きなんだけど、げんちゃん違うみたい。でもいいの」。そしてとても静かに笑った。

私はその女の子の中に成熟した女の悲しみを見た。昔見た映画の一シーンのようだった。

「巴里のアメリカ人」という映画があった。

ジーン・ケリーの貧乏絵描きが金持ちの年上の女をパトロンに持って何とか食いつないでいる。そして若い踊り子のレスリー・キャロンと恋に落ちる。貧乏絵描きは年上の女を捨てる。捨てられた瞬間の年上の女を忘れられない。年上の女はけんらんたる衣裳を身にまとって孤独な諦念に耐えていた。二人の若い恋人は輝く朝日の中に踊り出ていった。

友人が私に言ったことがある。

「うちお父さんがいなくてお母さんが働いていたでしょ。すごくお金がなかったのね。小さい時、子供を皆映画に連れて行ってくれたんだけど、すごく面白くなかったの。でも、せっかく休みとってお金つかってお母さん連れてってくれたもんだから、悪くて仕方ないのね。それで帰りに面白かった面白かったってはしゃぎまくったのね。はしゃいでいるそばからしらけちゃってね。シーンとして帰って来ちゃった」

下手なピエロの真似さえ子供はするのである。私は自分の人生の中にこんな時をたびたび持ったことがあるような気がする。

　別の友達が言った。

「私、小学校三年の時うちにころがっていた論語の本を見たのね。その本に親は無理って書いてあったのよ。そこだけが、パッと目にとび込んで来たの。他のところなんか全然見てないのよ。それでパッとわかっちゃった。親は無理なのよ。私はだからその時から親にさからったことがないの。どんな理不尽なこともお経のように『オヤハムリ』、『オヤハムリ』って思っていたからね」

　子供が握る一瞬のうちの真理はもしかしたら不変のものかも知れない。いかなる高僧も長い修行の末得るものを一瞬にして感知する能力を子供は持っている。子供だから持っている。

　息子が六歳の時、台所にゴキブリが出た。私はゴキブリなどこわくないのである。なのに私は「キャー」と言ってしまった。息子はそばにあった新聞紙をまるめると、私をうしろにまわし「ダイジョーブ」と言ってゴキブリをはたき殺した。

　私は六歳の息子に守られた子供であった。息子はゴキブリをつまんでゴミ箱に入れ、偉そうな顔もせずにスタスタ歩み去った。

　私たちは多分生まれた時から老成したものを与えられて生きて来たのではないだろうか。彼らがこまっしゃくれた子供だと思わない。どの子供の中にも子供の魂と大人の魂が同居している。私は子供が無邪気だとも恐ろしいとも思わない。子供とはそういうものだと思う。

やがて子供は大人になる。大人になることは年月を重ねることである。

私は年齢だけは十分に大人である。大人であるから私の友達のほとんどは大人である。そして彼女らが青春の若さとみずみずしさを失ってひたすら正直になってきているということを感じる。肉体のみずみずしさはいやおうなしに失われるが、若い時よりもさらにその精神に於《お》いてみずみずしいと思うことがある。

年月というものは人間を次第に身動きのとれぬしがらみでしばっていく。身動きのとれぬしがらみの中で世間とわたり合う。放っておいても人間は大人になってしまう。その中で、生まれ落ちた時からの子供の魂を傷つけずに持ち続けている人を見るととても感動してしまう。

フランソワーズ・サガンの小説を読んで、「へー」と思ったことがある。「パリには三十の子供の男や女がウロウロしていた」というのである。日本では三十になれば女は現役を下りろというような風潮があったから、文化の違いというものに感心した。

今日本では三十女はまだまだ若いというあたりまではやってきている。

ガキ向きのファッションばかりでもなくなり、三十四十の人がその年月を経た肉体を包んで美しく見える洋服もたくさんある。

それにしてもテレビはどうにかならないものか。ガキのごきげんばかりとって、あれ見ていると誰でも大人になりそこなう。

スカートをけって歩きなさい

「あなたたちは若いのです。スカートをけって歩きなさい」高校に入学した時、担任の光江先生は言った。入学した時だけではなく、実にたびたび、先生は「スカートをけって歩きなさい」と言った。

そう言われるとセーラー服を着た女学生はもじもじ身を動かして、少し笑った。

先生は、覇気《はき》のない女学生にいらだっているように思えた。

スカートをけって歩きなさいと言う津田塾出身の英語の教師である先生は、たぶんもう五十歳は越えていたと思う。

校長や若い教師は入れ換わったが、光江先生は、決してこの学校からよその学校へ行ってしまうことはない、学校のシンボルのような先生だった。

小柄で、一年中黒いタイト・スカートに茶色いセーターとカーディガン、夏は衿《えり》のつまった白いシャツを着ていた。

髪の毛をひっつめて後ろでまとめていたが、その髪がかつらだという伝統的な噂《うわさ》があった。しかし誰も、それをたしかめたわけではない。

「今日は光江先生、ばかに頭が後ろにずれていたじゃん」とか「気がついた？　先生よそ行きとふだん用と二つ持っているんだよ。参観日のはよそ行きだよ、少し色が茶色いと思わない」とか、こそこそ言ったが、私たちは心から先生を尊敬していた。

　うすぼんやりした高校時代、私は光江先生だけがくっきり鮮明である。

「トルストイの『戦争と平和』を学生時代に読みました。机の前に座って夕方から読み始めました。読んで読んで読みまくり、気がついたら朝になっていました。学校は行きませんでした。それから、ずーっと座って読みました。伯父が一度様子を見にきました。私は振り返りもしませんでした。一日中読んで読んで読みまくりました。次の日の明け方、最後のページが終わりました」

　ふーっと言ったのは生徒だった。

「若いってそういうことです」

　しかし、私たちの中に先生のような若さでトルストイを読みまくる生徒はいなかっただろうと思う。先生のいらだちのようなものを私は感じた。


　私は先生が好きだった。

　私が好きだと思っているのを先生も知って、先生に気に入られているような気さえしていた。図書館で、私が生かじりのサルトルとボーボワールの話などを生意気にしゃべったりするのを、先生が一緒になって相手になってくれたりすると、私はいっぱしの大人になったような気さえしたのだ。

私は先生のようになりたいと思っていた。知識と教養を身につけて、職業を持ちたいと思っていたのだ。

先生には大学の先生をしているご主人と、やはり津田塾に行った二人の娘さんがあることは知っていたが、先生の口からそれを聞いたわけではない。先生は「私」の生活のことは何一つ言ったことはない。

「公」と「私」とを毅《き》然《ぜん》と分けていることが、私には知的な女の人の節度のように思えた。

私は、何の未練もなく高校を卒業して東京へ出て自分の生活に夢中になった。

大学に行っている時に、先生の家を訪ねたことがある。

大学で歴史を専攻した秀才の同級生と一緒に行った。先生はハンバーグとフライドポテトを一皿に盛りつけてごちそうしてくれた。

私は美術学校などという畑ちがいのところに行ったので、先生は「学問」をしている秀才とばかり話をしていたような気がする。「アルバイトで平凡社の百科事典の索引を作る仕事をしているんです。最後に私の名前も出ているんですよ」と言う友だちに先生は本当に嬉《うれ》しそうにしていた。私は何だかあせりのようなものを感じた。「今、シェークスピアを勉強し直しています。もう年を取るのがもったいなくて、もったいなくて」。
先生は定年過ぎて、もう学校には行ってなかった。

結婚して、後ろにジッパーのある洋服を着る時、私はジッパーを亭主に引き上げさせた。そのたびに私は光江先生のことを思い出した。

「スカートをけって歩きなさい」と言う先生が「女の人は後ろにボタンのある洋服なんか着るものじゃありません。誰にボタンをとめてもらうのですか、旦那《だんな》様ですか。とんでもないことです」と言ったことがあるからだ。

私は亭主にジッパーを引き上げてもらう時、しみじみ結婚してよかったと思ったほどであるから、私は先生のことを亭主と笑い話にしたことさえある。

私が初めてドイツに行く飛行機に乗った時、突然先生のことを思い出した。英作文の時間に「将来の希望」という作文を書かされたことがあった。

「十年は夢のように過ぎた。私は今、アメリカに行く飛行機に乗っている。私は今や世界的なデザイナーである」

という作文を私は書いたのだ。

先生はそれを読み上げて、「このクラスの中で誰が一番早く飛行機に乗るようになるでしょう。みなさんがんばって下さい」と言ったことを思い出した。

世界的デザイナーなどにならなくても、ちょうど十年たって私は飛行機に乗っていた。私は飛行機に乗ったことを先生に報告したいような気がした。

それから子供を作り、私はずっと仕事をした。

私はふうっと先生のことを思い出すことがあった。

結婚して子供を育てて、ずっと職業を持ち続けた先生に、私はどこか自分を重ねて「私」の生活の部分を共感したいと思っていたのかもしれない。職業を持つことが今よりずっと困難だった時代をどんな風にしてのり切ったのだろう。

しかし私は、自分の生活にとりまぎれて行った。三十年が過ぎた。

思いがけなく高校の友だちに会った。

「光江先生も亡《な》くなったのよ。少し前に会いに行ったんだけど、もう八十近かったと思うんだけど、すごく元気でね。うーん、まだ勉強していたわよ。勉強はすればするほど難しいって。えらいわねェ。何の話だったかしら、年をとってから何が支えかって、家族か友だちかって。そしたら先生、間髪を入れず、『それは友だちです』って言い切ったのよ。ものすごく言い切ったから」

「それは、それほど素晴らしい友だちがいたってことなのかしら。それともご家族としっくりしていなかったのかしら」

「わかんないわねェ。先生、お家《うち》のこと何も言わなかったから」

こんぐらがったまま、墓の中まで

若いということは残酷で鈍感なことである。私は十九のとき、三十過ぎた人を見て人生何の楽しみがあるのだろうかと思った。その十九の私が十九の青春を十分に生きて楽しかったかと言えば一人の恋人もなく孤独であった。

三畳の下宿で私は孤独をまぎらわすために学校の課題をやっていた。学校の課題をこなせればそれは自分の未来とつながっているかのように錯覚していた。

つながってなどいなかったのかもしれない。しかし私は孤独でありながら家族と切り離されていることを喜んでいた。孤独を恐れ、しかも家族のわずらわしさは拒否したかった。私はやたらに友達を作りたがり友達が磁石であれば私もまた磁石であった。

しかし電気を消してふとんにもぐり込むと共同台所からなめくじのはう音が音もなく聞こえて来て音もなく近づいて来るなめくじを恐れた。なめくじが気味悪かったのではない。たった一人でふとんにくるまっているということをなめくじが教えるからだった。

私は何かに話しかけたかった。私はヤソでも仏教徒でも回教徒でもないのに神を呼んだ。どこの宗派でもない神はぞうりをはいて天から舞い降り、もう誰でもよく誰でもない神は見たこともない中年の男だったりしてかぎりなく寛大に私を受け入れ私は眠った。

私は現実に悩むべき深刻さなどないに等しいのかもしれなかった。貧しく才能がないなどということは十九なら誰でも同じ悩みで、解決などできないことであり、それを悩むのが閑《ひま》な若さであり、無限とも思える未来がそれを与えるだろうと楽観したり、悲観したりした。

　そして時々吸いよせられるように叔母の家に行った。叔母の家には血縁でつながったどうにもならない人間たちがゴロゴロころがっている。血縁ばかりでない叔母の祖父の妹の息子が写真と違うお嫁さんが結婚式の夜つのかくしをとって、花婿は一ヵ月ふてくされて寝てばかりいたけど今の奥さんはその人で「あなた、秀雄さんは奥さんの悪口ばかり言うけど、もう四十年よ、子供が五人もいてさ」と叔母はたばこをふかし未成年の私にたばこを吸えとそそのかした。

　こたつで私は世の中の不思議に口をあけていると近所の小母《おば》さんがガラガラと勝手口から別珍《べっちん》のたびをはいてこたつに入りこみ嫁の悪口を何時間もまくしたてた。若い私は馬鹿馬鹿しいと思い「息子をいつまでも自分の持ち物と思う馬鹿な女」と思いつつ、魚のしっぽを「こっちの方が体にいいのよ」と食べさせる嫁の話が面白くて仕方ないのである。「体にいいならこの子にやんなくっちゃ」と、「孫のお魚ととり換えちゃった」と、姑《しゅうとめ》のほうも闘志満々である。私はアーアーアーと思い三畳のなめくじの出没する下宿に帰って行く。

それから十年、私は何の明確な目的もなくベルリンに住んだ。

私はまたしても孤独であった。その孤独は私が生まれ育って来て気づこうともしなかった日本の文化から切り離されたことだった。夕方まっ白な北向きの小さな私の部屋に子供たちがうたう歌がきこえてくる。「かごめ、かごめ」とうたっているのか「はないちもんめ」とうたっているのか物寂しさは伝わって来るが「かごめ、かごめ」とうたっていても全く違う懐かしさを彼らが大人になった時持つであろうと思うと、懐かしさというものでさえ、微妙に違うであろうヨーロッパ人を私は永久に理解できないかもしれないと思った。

そしておびただしい老婆があふれている街だった。下宿のそばに新しい建物の養老院があった。白い壁にきれいなモザイクの鳥がとんでいて、その通用門から、きまって黒い洋服を着て足をひきずり、つえとかごをもった老婆が一人ずつポツンポツンと出て来た。私には彼らがすべてを拒否しているように思え、拒否することで彼らは個であることを主張しているように思え、誇り高くさえ見えた。

私の台所からは大きな家に一つだけ紅いスタンドに灯をつけて微動だにしない老婆が見えた。彼女はいつ食事をしていつ起きて来るのかわからないほど、じっとしていた。

私の下宿の七十の婆さんは隣のドアの娘親子のお茶の時間に行きあわせるとけわしい顔つきのままストーブによりかかっていた。

娘はお茶一ぱいケーキ一つすすめるわけではなかった。婆さんは、夜になると糸のたれ下がった古めかしいフロアスタンドの下ですり切れたトランプでトランプ占いを何時間もしていた。

七十にしてまだ占う未来があるのだ。まだまだ残酷な私はそう思った。

公園に行くとおびただしいベンチにびっしりと老人が座っていた。彼らはただ座っていた。私はいつだって気がつくと老婆にはさまれて日なたぼっこをすることになった。突然、隣の老婆が私の手をしっかり両手ではさんでにこにこ笑い続けることがあった。道を歩いていると、向こうからやって来たよたよたした老婆が私に向かって両手を高くあげ、私の前に来て私の手を両手ではさんで上下にふり回すのだった。

私は初め知り合いかと思った。老婆は私の手をふり回しそして歩き出した。そしてふり返ってヨーデルをうたうように親しみのあらんかぎりをこめて、手をふった。何度も何度も。彼らは自分たちの老後を誰かのせいにして不平を持っているとは思えなかった。長い歴史の中で人間の行く末として当然のものとしてその孤独を引き受けているのだと私には思えた。しかしいかに長い歴史と習慣が個に徹することをたたき込んでも孤独は孤独なのだった。

もしも私がドイツ語が達者だったら話し相手として彼らは私を離さなかったのかもしれない。私は日本の老婆たちが憎むべき嫁を持っている不幸を、あるいは感謝すべき家族を持っていることを、小さな団地の中で血縁と顔つき合わせるという現状を、日本の貧しさや社会福祉が遅れていることを、日本を代表して恥じたりしていたけど、福祉が進めばそれでよいのかどうかわからなくなっていた。

　憎むべき相手も持たない孤独と憎むべき人間を持つことの不幸を同じはかりにかけられないのではないか。

　切っても切れない血縁のしがらみの中で泣き、いかり、疲れている日本人はしかし、その血縁の中で自分を生かして来た。

　今、急激に日本人は変化しつつある。この変化はくい止めることはできないのかもしれない。縦につながって来た血縁を私たちは個の確立のために切ろうとしている。

　そして個になっても人間は個だけでは生きられないことを知り、個と個が結びつく男と女の関係を強く持ちたがり、それは西欧人がそうであったような孤独に追い込まれていく。

　いやちがうのかもしれぬ、と私はにわかに楽天的になる。

「日本人って偉れえよなあ。アンコとパンでアンパン作るだろ。カレーと飯でカレーライス作るだろ。真似して違うもの作る天才だよなあ」と息子はカレーを食いながら言う。

「漢字からひらがなもカタカナも作ったんだろ、ずりいんだよな」

ずるいのいいじゃないの。

血縁と自我の確立のために明治以後の日本のインテリは悩んでたくさんの本を書いた。

インテリは日本を代表して悩んで下さる。

アンパンとカレーライスを作ったのは悩めるインテリではなかった。

下駄ばきに別珍のたびで人の台所から上がり込んで嫁の悪口をまくしたてるパン屋の亭主が作ったに違いない。

個と血縁のごった煮の中からカレーライスのごとき孤独対策が生まれるのではないかと考えるのは甘いかもしれぬ。

「人に迷惑をかけない、かけられない」という戦後日本のモラルを再検討すべきではないか。

泣き泣き人の迷惑をひきうけ、泣き泣き人に迷惑をかける、これは大変なことであり、精神力と体力と経済力のかぎりを要求されるが、憎むべき相手も持たないベルリンの老婆たちの孤独を思うとき、やぶれかぶれに、人間関係複雑で糸目がどこにあるやらわからず、こんぐらがったまんま墓の中までもつれ込みたいと思うのである。

たった四カ月、下宿人に過ぎなかった私と別れるとき、下宿屋の婆さんはビー玉のような目から泪《なみだ》をだらだら流しつづけた。あの人は私が遠い東洋人だったから不覚にも泣いた。下宿していたのがドイツ人の女の子であったら共通する暗黙の人間のあり方のために泣けなかったのかもしれない。

ねえねえ、うちの子だけどうしてあんなに可愛いのかしら

私は二十三歳で結婚した。しかし結婚は子供を作るためとは思っていなかった。姑《しゅうとめ》は「昔は三年たって子無きは去ると言ったのに、今はいいわネェ」と見本通りの姑をやっていた。

四年目に口から血がふき出て、体中紫色の斑点が滲み、朝枕が血でびっしょり濡れた。医者は体中を検査し、わかったことは子宮後屈と発育不全と血が固まりにくいということだった。「子供を産むと死にますよ」と医者は言った。しめしめと私は思った。子供が嫌いだったのだ。三カ月たってケロリと治った。

しかし三十歳で妊娠した。「子育ては俺がする。おしめも洗う。頼むから産んでくれ」夫は手をついてたたみに頭をこすりつけた。これは口から出まかせだとわかるのに時間はかからなかった。

私はむくむく太り出した。バスト七十三がどんどんせり出して一メートル四になりTシャツの胸が一番始めに汚れた。つわりなどなかった。突然鰹《かつお》のさしみと西瓜《すいか》が食べたくなり、スーパーにとび込んでさしみと西瓜を買って来て台所に立ったまままさしみを食べてすぐに西瓜にかぶりついた。お腹がゴニョリと動いた。私は気味悪かった。ものの本には胎動を感じる時いとしさで泪《なみだ》ぐむということが書いてあったし、友達はでっぱったお腹を夢見ごこちで撫でていた。私は恐ろしく不細工な憎たらしい男の子が産まれると確信していて生まれた子供を憎むだろう、恐らく私には母性愛というものが欠如しているのではないかと不安であった。

お腹はどんどんせり出して、二十キロ体重が増え、お風呂の水がゆれるほど子供はお腹の中で動くようになった。私はでっぱったお腹のために横になれずふとんを重ねて座ったまま眠り、ただただ早く出して楽になりたかった。そしてついにその日が来た。だまされた、と私は思った。子供を産んだ誰もが、子供を産むことの痛さと恐怖をはっきり教えてくれなかった。「誰でもすることだから」「その時だけよ」私は痛みと恐怖のために、子供を産むんだということを忘れた。

私は「セント・セバスチャンの殉教」という絵を思い出し、痛みを快感に変えようと思った。「セント・セバスチャン」は嘘《うそ》だった。私はついにこれは神が与え給うた罰であると考えた。私は子供の時からの悪事を思い出そうとしたが、これほどの罰を与えられるに見合う悪いことはどこからも出て来なかった。思いあたるのはセックスだけだった。セックスは悪いことなのだ。痛くもかゆくもなく仕事に出かけた夫を憎んだ。

イヴの昔から何千年も女は皆こんな思いをしたのか。人類はロケットを飛ばし月まで行っているのに、女はイヴの昔と同じことをして子供を産む。時々見回りに来る女医は、「この病院でこんなに騒いだ人初めてですよ、みっともない」と冷たい声を投げた。あの女医は子供を産んだことがないのだ。そうにきまっている。女の敵は女なのだ。

私はうめきながら分娩台によじ登った。看護婦が二人私のお腹に乗って力いっぱい押した。くるくる回転してスッポンと子供が出て来た。嘘のように楽になり子供がオギャーと泣いた。

その時、顔も見てない私の子供に向かって「あー私の赤ちゃん、私の赤ちゃん」ということばでないことばが体の底から爆発して来た。実に不思議だった。「手ありますか、足ありますか」「大丈夫、立派なオチンチンしている立派な赤ちゃん」「あー私の赤ちゃん」私は顔も見てないのである。とても安らかなあたたかい波が押し寄せて私は眠った。

私はくしゃくしゃの赤ん坊を見た。見たこともない可愛《かわい》い赤ん坊だと思った。小さな手に小さな小さな爪がちゃんとついていた。どうやってこれを作ったんだろう。学校の時あんなデッサンが下手ですぐデフォルメしてしまう私が、どうしてこんなに精巧な爪をと、くんくんかいで見た。こんないい匂いかいだことがない。初めておっぱいを飲ませた。赤ん坊は巨大な私のおっぱいに必死に小さい口をあてて吸いついて来た。健気《けなげ》で不憫《ふびん》でいとおしかった。私は泪がだらだら流れて来た。どんなことをしても私はこの小さなものを守らねばならぬ、と思った。そして突然、この子が八十になった時、その孤独を誰が慰めるのかと考えた。私は生まれたばかりの赤ん坊にお乳をやりながらその子の八十の孤独のために泣いた。

乳児室に並べられた赤ん坊を見に行った。十二、三個並べられたくしゃくしゃの赤ん坊の中で私の赤ん坊だけが目にとび込んで来る。十二、三個の中で際だって可愛いからだった。隣の赤ん坊は毛がなくて鼻の穴が大きすぎる。あんな子供産んだ親は可哀そうだ。私のようににやにやできないではないか。隣に子供を産んだ母親とその夫が立っていた。鼻の穴の大きい毛のない赤ん坊を産んだのだ。「ねェねェ、うちの子だけどうしてあんなに可愛いのかしら」母親は小さい声で夫に言っていた。そして私と同じ目としまらない口をしていた。

私は妊娠すると死ぬと医者が言っていたのを忘れていた。死になんかしなかった。出すだけのオッパイを出すと私の乳房は何食わぬ顔で七十五センチに戻り六十三キロの体重は四十三キロになった。私は自分の体に人格があるなどと思えない。地面とかキャベツとか、はえとかと同等のものであり、私の意志でないものが私を支持していたのだと思える。

何も知らない

私は何も知らない。何も知らないまま死んでいくと思う。庭に草が茂っている。あざみとききょう、虎の尾、その他に二つ三つの名前を知っているだけで、無数の名も知らぬ草はそのまま知らずに終わる。名を知って、それ以上のことはさらに知らない。

空一面に星が散っている。私は宇宙の何であるか知らない。

そこにあるもの見たものだけで、何も知らずに生き続けて来ている。

地球の上に生きる人々のことを、何も知らない。

ロシアについて、私は何も知らない。

四歳の時初めて白色人種の男を北京《べきん》のチンチン電車の中で見て驚いた。私は驚いて、一緒にいた父の上着をひっぱってその男を指さした。

父は押し殺した声で「人を指さすもんじゃない」と恐ろしい顔をした。私は恥ずかしさで固まって、二度とその男の顔を見られなかった。本当は珍しさのために、なでくりまわすほど、見たかった。私が初めて見た白色人種の男は北京のロシア人だった。

「イワンの馬鹿」という童話を子どもの頃から知っていた。イワンはロシア人だった。どうして「馬鹿なイワン」じゃないのだろうと思ったが「イワンの馬鹿」は「イワンの馬鹿」だった。わらしべ長者の気のいい主人公よりも、「イワンの馬鹿」は広々と大きくスケールがじんわりでかいように子ども心に思った。そしてロシアがどこにあるのか知らないのだった。そして私はいろんな国の童話や民話の中の馬鹿を知る。どうして世界中のどこにでも馬鹿はいるのだろう。そして私は馬鹿がどうしてあんなに好きだったのだろう。正直言うと、強く賢い王子よりも、馬鹿は安心するのだった。やがて馬鹿が、賢く強い王子に成り上がったりすると、安心と残念の中で苦しむ子どもだった。

それから、トルストイやチェーホフを読んだ。ドストエフスキーも何冊か読んだ。読むには幼なすぎる年齢の時に。

そして実に難儀を強《し》いられた。長ったらしい名前、中黒が二つも三つもついている。その上、愛称がある。私はロシアの小説を読む時、紙とペンを側《そば》に置いて名前と系図を書かねばならなかった。そしてやっぱり混乱してグチャグチャになった。行ったこともないのに地名が美しかった。モスクワ、ペテルスブルグ。ペテルスブルグがレニングラードになった時、それは私にとって別の土地になった。サモワールの実物を見るまで何十年も私はサモワールが何かわからなかった。しかし、サモワールは素敵なものだった。わたしはサモワールを使ったことはない。だから、何も知らないのと同じかもしれない。

　チェーホフの芝居を何回か見た。日本人の役者がロシア人になったつもりで、たくさんいろんなことを言ったり、動いたりしていた。私は「かもめ」の最後で若い女が「私はかもめ!!」と叫ぶように言った時、何かとても恥ずかしくて、何が恥ずかしいのかわからず、ただ、自分が恥ずかしくなるのだった。まして、没落していく貴族階級の悲しみなど、引き揚げ者の私には、どうにも共感しにくく、劇場を出る時、ムッとした気分になっていた。そして、私はロシア人の友人など一人もいないのだから、生きているロシア人がどんなんだかわからない。チェーホフもドストエフスキーも、出てくる人間が、それがたとえ汽車のなかで隣り合わせになっただけの他人に対してでも、猛烈なエネルギーでしゃべり、心中を吐露し、ズカズカドカドカでかくて重い長靴でふみ込んでくるのに、びっくり仰天するのだった。これは小説だからなのだろうか。作りごとなのだろうか。私は何も知らないままなのだ。

　学生時代にリルケを読んでいた。書簡集のなかに、ルー・アンドレアス＝サロメにあてた手紙だけが、きわだってボルテージが高かった。ほとんど『マルテの手記』と同じ魂の高みにあり、手紙というより作品であった。そこで、リルケはくり返しスラブ的なものに引き寄せられ、それはロシア人のサロメが、リルケをスラブ的なものに触れさせようと必死にロシアに誘っているからだった。

リルケがロシアに行かなければ味わえない「スラブ的なもの」という言葉だけが私に残り、果たしてリルケがロシアに行きそこで体験したスラブ的なものが、彼の魂にどのように光と影を残したのか、私は知らない。ロシアについて、私は何も知らず、ましてソ連についてはさらに知らない。新聞やテレビの報道以外は。ソ連が崩壊した後、私がかつて見聞きした報道は、見聞きしたことにもならなかったのかもしれない。

それから私は熱心なミハルコフの映画のファンになった。チェーホフの原作をいくつか集めて作られた映画を見終わった後、私は泣いていた。貴族であろうと、農民であろうと、人は懸命にこっけいに生きていた。何国人でも同じなのだ。人は皆同じなのだった（しかし、新劇の「かもめ」は何であんなに恥ずかしかったのだろう）。

何国人でもいいや、人は皆同じであり、それぞれの人間がかけがえのない自分の人生を生きているのなら、それが、私に伝わり、私が、遠い国の人たちが、懸命にこっけいに生きていることに共感できるなら、何国人でもいいやと思うようになった。何も知らなくてもいいやと思い、全てを知るのは不可能であると思い知った。知ったものだけに反応して生きていくのでさえ容易なことではないと思うようになった。

田中泰子さんから、マーヴリナの絵本を三冊いただいた。

文章を書いているコヴァーリは現在ロシアで最も高く評価されている児童文学者である、と泰子さんに何度も教えていただいた。

『ゆき』

なんという「ロシア」そのものの絵本だろう。私の知らない白い世界で冬を生きる生き物と人間たち。そして、そういうロシアは私からはるかに遠い。私はこの絵本を見て、私が遠い遠い雪だらけの冬のロシアを知らないことを実に幸運だったと思った。何も知らない私に、白いロシアがこんな風に差し出されたのは何と幸運だったことだろう。そして、見知らぬものへの限りない想像をはばたかせてくれる。私はいくらでも見知らぬロシアを夢みることができた。私は、そりですべって遊んでいる子どもたちの絵をいつまでも見ていた。地面は白く、家の屋根も白い。もみの木にも雪がたくさんふりつもっている。

目鼻立ちもない子どもたちの何とはつらつと元気で楽しそうなことだろう。

そして、私を圧倒したのは喜びであった。こんなにも白い世界が、私に喜びを与えてくれる。

『氷の穴』の素晴らしい青。太った馬が私の方を見て駆けてくる。真っ白な道を、カパカパと元気な足音をたてて、黒い耳をピンと張って、きっと鼻から白い湯気のような息をはきながら、シンとした白い世界に、太った馬のひづめだけがきこえる。真っ白な光の発光体のような森。そしてやがて春が来て、白い世界は去って行った。しかし、私の中の大きくて深い喜びは去って行かなかった。うすらうすらと泪《なみだ》がにじんだ。おへその下の方から、もうずい分長い間忘れていた生きていく希望が光るように生まれてきた。

世界は美しい。私がどんなに心貧しくても世界は美しい。

私はもう一度生き直すことができるかもしれない。

マーヴリナがこの絵を描いたのは九十過ぎていたのだ。マーヴリナが奇跡の人であっても、私は喜びに圧倒されたのだ。

喜びに圧倒された私は、何と幸せなことだろう。

白い冬を九十回以上も生きたロシアのマーヴリナしか描けない世界であっても、ここに、この遠い日本に白い世界は贈りとどけられた。

私はゆっくりゆっくり何度もコヴァーリのことばを読む。

泰子さんとコヴァーリが真っ白な雪の中で並んで笑っている写真を泰子さんが送ってくれたことがある。若々しく力強い素敵な笑顔の人だった。そして突然コヴァーリが亡くなったと、無念で胸を十文字に切りさかれたような泰子さんの手紙が届いた。

買いかぶってくれたのか、泰子さんは「あなたに会わせたかった」と書いてくれた。

今、くり返しコヴァーリの言葉を読んで、私も無念で口惜しい。

とり返しのつかないことは、私がコヴァーリに会えなかったことよりも、私と同じ年齢のコヴァーリが、あまりにも早くこの地上の生き物たちと別れねばならなかったことである。

コヴァーリの見た草、さわった草、香り、ミヤマガラスに向かってモウーと鳴く牛、そして白い雪のロシア、そして輝くちょうちょ、風、空、じっと耳をかたむけた森。そしてたくさんの友人たちがどんなにコヴァーリの不在を淋しく思うだろう。

そしてコヴァーリは、私のとても近くにいたのだった。泰子さんという最高の友人を間に置いて。

あとのまつり

人生は長い。長いが短い。長い人生をやっていると、うすぼんやりと、あるいははたと、あるいはピカッとわかることがたちあらわれて来る。「そうだったんだあ」とわかると、生きて来たことが嬉《うれ》しくなる。私って頭がいいんだあ。

しかし、わかったことはもう手遅れなことが多い。人生は短い。例えば、結婚とは、恋愛とか理想とかなりゆきとか半狂乱とか打算とかいろいろ動機はあるが、つまるところ相性がいいかどうかということなんだと気がついた時は、離婚したあと、失敗したあとのまつりだったりする。しかし相性が悪いなどということは長い年月がたってからわかることであって、発情期の未熟な若者になどわかるはずがあろうか。

結婚なんて大事《おおごと》でなくても、「わかった」とひざを打っても手遅れのことがほとんどである。「若さ」などということも失ってから初めて、わかることである。今、私に若さをプレゼントされたら、あたら若さを無駄《むだ》づかいなどしないと思うが今となってはねえ。

自分が若い時、自分の若さを充分に使い切るなどという才覚は少なくとも私にはなかった。

私は十九の時四十のおばさんを見ると、四十のおばさんに生きる喜びなんぞがあるのだろうかとカワイソーに思ったのである。

しかし十九の私にも、二十の私にも一向に男が近づいて来て怪しい空気がただよって来る気配がない。男友達はゴチャゴチャと金魚のうんこのようにむらがっているのであるが、誰一人私と怪しい関係になるとは思わないようなのである。そして私の青春は空《むな》しく過ぎていった。その短い青春の間に、私は妬《ねた》み、そねみ、ひがみなどずい分秘《ひそ》かに使い果たしたというか、人格の基《もとい》にしてしまったというか、悲しいことだわね。

やがて、子を産み、自分では女の現役を退いた気分で若いもんを見ていると色々のことがわかる。男と怪しくなる女は、男を怪しくさせるのではなく、自らが怪しくなればよいだけのことがわかった。美しい必要などあまりないのである。何と言おうか、一種の人生へのアプローチと言おうか、決意と言おうか、姿勢というものを打ち出す。それだけだということがわかった。身もふたもなく言えば、男という男に向かって、私いつでもそのつもりなのよ、とアピールする。それも特定のねらいなど定めず、一人一人の男、満員電車につめ込まれている全《すべ》ての、もう重なっている男たちのかげにいる見えない男に向かっても私そのつもりなのよ、とアプローチを無意識、意識的にする。すると、ただ歩いている後ろ姿にだって、男は、う、うう、とむらがって行くのである。
しかしそれは二十の時に急に気がついてやってもの欲しげに見えるだけで、これは保育園の時から修練をつむ必要があって、保育園の時に気がつくものではなく生まれて来た母ちゃんの産道で、私そのつもりよ、と生まれて来るらしいのであるが、ま、気がつくのが保育園の時というかしこい子もいるのです。

　そのつもりのアプローチをしたからと言って全ての男と怪しくなる必要はなく、ゆっくりと選別すればよいのが理屈で、失敗はないはずであるが、フン、人生そううまくいくものか。もてる女が幸せになるとはかぎらないのである。たくさんのかすをつかむ可能性も非常に高い。

　人生へのアプローチというのは言ってみればデッサンのようなもので、土台ですわね。しかしデッサンだけ上手な芸術家もいて、さて本番のキャンバスに向かうとどうも色感が悪かったりする。あるいは美しいバックの中心のテーマが実に汚い下手な仕上がりになったりすることもある。ま、そうすると次のキャンバスに向かって、作品数が多くなる。作品数が多いのを見て、他の女達は「あの人、もてるのねェ」なんて言っている。

　ということを、気がついたとしても、もう手遅れなのね。人生へのアプローチを四十になって急に変えると、ちょっと変だわよね、あっちこっちが、こわれてしまうもの。

　でもね、私、そういうアプローチをとらずに半世紀生きて来てしまいましたが、何だかボーッと他人様を観察していただけなのですが、もうアプローチなんてなんだっていいのよ。一番強いのが力技がきく人ですね。

これと思ったのに、もう一点集中主義の力技をかける。夜討ち朝がけ、起技、寝技、わき見もせずに一直線。力作主義。これは失敗作に終わっても悔いはない。こういうのは見ていても、オーとただ声をのむ。

桜さんはこのタイプ。低い声で、

「あなた、愛は才能よ。ふ、ふ、ふ、だって変じゃん、例えば、音痴の人はカラオケのマイクなんか握らすと、『イヤイヤ私は音痴です、とても、とても』って謙虚になって、うたなんかうたわないよ。だけど、人は誰でも愛する能力があると思って、愛したり愛されたりしたがる。これも才能なんだから、『イヤイヤ私は』って手を振って遠慮すべきでしょう。変よ、誰でも絵描くか？　誰でも小説書くか？　愛だけが例外ってことはないの、フ、フ、フ、フ」

と不気味に笑うのですよ。

瑤子さんは人生満員電車の隅《すみ》までアプローチの人。もうホテルのロビーに入って来た時から、ホテル中の視線が自分一人に集まることが当然と思っている。中に一人あっち向いていたりすると、「あの人どうかしたのかしら、病気なのかしら」って思ってしまうそうです。そして男の人と一緒だと、もうお互いそのことしか頭にない状態というのがフツーなのだそうで、だからと言って、全ての男と怪しくなるわけではないけど、怪し気でない雰囲気《ふんいき》になるとひどく気落ちして人生退屈になるんだって。

桜さんは興味のない男は目のはしにも入れない。こんな極端な人達がこの地上に共に息を吸ってはいて吸ってはいて共存しているのですから、地上とは不思議なところです。で、私は、そうやって人生無駄にして来たのですが、私もなかなかやるそうなんだって。

私は三人姉妹であるが、下の妹と話す時はそこにいない中の妹の悪口を言う。

「うちの姉妹の中でさあ、ミーコが一番コビを売る人だったわよ」

下の妹が言う。

「あ、あんたも気がついていたあ、あの子さあ、中学の時から、うちお金がないのに、洋服仕立てさせていたのよ。そんでぴらぴらしたちょうちんそでのブラウスなんか着てさあ、たれ目のでか目で、流し目するんだから、知ってる？」

「知ってるわよ、あの人、男の人がいると、すぐしなつくっていかにも無邪気そうに笑って、陰では私のことといびっていたんだから」

「でもさあ、コビ売ってた甲斐《かい》はあったんじゃない。中学の時からボーイフレンドかけ持ちしていて、一度かち合っちゃって、あっちの部屋とこっちの部屋、とび回って汗流していたわ、おかしかったわぁ」

「私達コビなんか売らなかったのにねえ」

「ねえー」

中の妹と私がいるとそこにいない下の妹の悪口を言う。

「ねえ、マーコって、何であんな八方美人なの。知ってる。誰かに会うじゃない。もうオーバーに可愛《かわい》っぽく走ってとびついて行くのよ。『会いたかったわあ』なんて本当に体中で笑っているんだから」

「そうそう、好きじゃない人にだってとびついて行っちゃってね、あれはできないわ」

「だからあの子姉妹の中で一番世間の評判がいいのよ。すごく優しくて気のつく人だって、私達と同じ姉妹じゃないみたいって皆言うんだよ」

「心底優しい人だって思われているけど、あの子が姉妹の中で一番意地が悪いわよ」

「うん、私もあの子底意地が悪いと思うわ」

うん私だけだ、コビ売らずに生きて来たのはってずっと思っていたのネ。そしたらわかった。ミーコとマーコが私のいない時に言っていたことが。

「姉さんの男の気の引き方知ってる。あの人、ちょっと興味のある人がいると、かならず、その人のこと集中的にいびるのよ」

「知ってる。いつか、うちに亭主のゼミの生徒が集まっていた時、ちょっといい男がいたの、それが、貯金していたの。学生なのに。そしたら『若いくせに貯金するなんて奴《やつ》はろくな将来待ってないぞう。男のくせにそんなみみっちい精神で大成するかぁ』って、すごくしつこいんだから、あれは、姉さん流の男の気の引き方なのよ」

「そうそう、ほら会社に草刈正雄みたいのいたじゃない。すぐそばに行っちゃあ、『あんたぁ、男の美貌《びぼう》に寄って来る女はブスかバカかどっちかだから気をつけな』なんて言っていたよ」

って、私の悪口言っているの。本当だから笑っちゃった。何だのかんだのって言ったって、まあその人流に異性の気を引きたいのね、でも、私のやり方って効果あんまりあったとは思われないなあ。

人生は長い。長いが短い。皆がんばって生きている。

年寄りは年寄りでいい

年月に逆らう生き物がいるだろうか。がんばっているのは屋久島の屋久杉くらいではないだろうか。しかしあれはがんばっているのではなく、天寿の全《まっと》うを生きているのである。

しかし人間は年月に逆らって生きるのが、値打ちがあるらしくいつの間にかなった。

テレビを見ていると、広告だけのチャンネルなどある。ほとんどが、美容、それもいかに年月のゴマカシをうまくやるかにつきていると思う。整形など、何のうしろめたさもなく、どしどしと結構かわいい子なんかもしているらしく、私の横で「あれ鼻整形」「これコラーゲン注入」などと叫ぶ整形評論家のおばさんもいる。

なるほど皆かわいい。大体普通の女の子にブスがいなくなり、足もどんどん長くなっていって、おしゃれも世界一力をこめているのではないだろうか。

日本は平和で素晴らしい。

九十過ぎのじいさんが冬山に死にものぐるいで登ったり、海の中にとび込んだり、鉄棒で大車輪をやったりする。

そして年齢に負けない、と大きな字が出て来る。

私はみにくいと思う。年齢に負けるとか勝つとかむかむかする。

年寄りは年寄りでいいではないか。

こんなばかげて元気な年寄りがいるからフツーの年寄りが邪魔になるのだ。

実に若々しい女を知っている。六十近いが、十歳は若く見える。中身はもっと若い。

そのへんのネエちゃんと同じである。

「ねエ、六本木ヒルズ行った？」。「表参道ヒルズ行った？」。行くわけがねエだろ。

その女は年齢相応の中身は外見と同じにないのである。私は七十になるが、それなりに人生を生きて来た。赤貧を洗ったし、離婚もした。回数は言わないが、くっつくのは何の苦労もいらないが離れるのは至難の業と、とんでもないエネルギーでぶっ倒れる。

　一生の一瞬の光が人生の永遠の輝きであることもある。そして人は疲れる。引力は下からくるから皮膚は下方に向かって落ちて来て、七十年も毎日使えば骨だって痛む。しかし、しわだらけの袋の中には生まれて来て生きた年齢が全部入っているのである。

　西洋は若さの力を尊び東洋は年齢の経験を尊敬し、年寄りをうやまい大切にする文化があった。そして静かに年寄り、年寄りの立派さの見本がいつもいた。私はそういう年寄りになりたい。

シュワーッと消える

どんなおばあさんになりたいかなどという質問はナンセンスだと思う。もうほとんどおばあさんではないか。ある日急におばあさんになるのではなく、二十四歳の若さのおごりの頃からジワーリ、ジワーリ始まっているのだよ、そこのお嬢さん。いや五歳の女の子だって見ていると八十のその子のなれの果てがすけて見える。要するにその人以外のバアさんなどにはなれないのである。

私は私のままでバアさんになる。

幼くして親の顔色をうかがい（ずい分言うことをきかない子だったけど）、結婚してからは相手の調子に合わせ（あんまり合わせなかったな）、子供のために髪ふり乱して母親をやって（ふり乱しても秀才になるわけではなかったけれど）、とにかく世間様に何とか顔を向けようと努力して来た。何十年も。もういいじゃんか。子供が成人したら、生涯たった一度だけ好きに生かせていただく。

もう息子など寄せつけない。嫁などどんな根性曲がりでも知ったことか、お前の選んだ人じゃん。よかったねー。孫のベタベタした手でそのへんさわってもらっちゃ困るのよね。

足腰がうまく作動しないかも知れぬ。もう派手なスポーツカーに乗って、寒いと困るからどてら着てもんぺはいて六本木のシネヴィヴァンに映画を観《み》にいく。できたら、お手手つないでよろけがちのボーイフレンドと、カフェオレなど飲みながら、「あの女優ミスキャストだと思いませんかネ、だいたいオッパイが大きすぎますよ」「いや、あれはなかなかいい女優だとわしは思うがナ」「へー、あのオッパイがいいんですか、アーわかりましたよ」と痴話げんかも立派にやってやろうじゃないの。

注文なんかなくなって、下手な絵を好きなだけ好きに描いて、気が向いたらSF小説なんか書く。SFは科学的知識が必要で無理だったら、殺人ものでも書き、殺したい人を次々に思いうかべてもう片っぱしからバラバラにしてやる。食い物に異常に執着するようになると聞くから、一日がかりでも芋の雑炊なんか作ってフウフウ食べる。金がないにきまっているから、美食は体によくないと納得する。口が悪いのはたたき上げだから、「あのババア可愛《かわい》げがない」と若いもんに嫌われるようにする。これが深い思いやりなのよ。私が死んだら、アー、もっと優しくしてやればよかったなどと周囲が気を病まないようにね。

「あのばあさん野たれ死んだけど自《じ》業《ごう》自得だよ」と了解をつけさせてあげたい。

でもその前にぼけちゃったらいかなる決意も計画も水の泡《あわ》であり、決意も計画も有効ではない。たった一つ私が今から心がけているのは、物欲を持たないということだけで、死んだ人間が残すものはそれがわずかな金でも、身のまわりのものでも始末がやっかいである。私が死んだと同時に、私のまわりのどんな小さな紙切れでもパンツでもシュワーッと消えて地面にすい込まれて行ったら、どんなにいいだろうと思う。

大人も子供もあるもんか

あんまりくやしいから死んでやろう、と私は思うが、この思いを誰かに伝えねば、死に切れない。死ぬ前に、思いのたけを、はき出そうと、私のきき手を、あれこれ物色し、その人の前で、はき出す言葉を、ふとんをかぶって無言で練習する。人によって、構成その他を変更せねばならない。あるいは、あんまり面白いことがあると、私は誰かと一緒に、もう一度笑おうと思う。その時は、構成その他を考えない。さて、出かけていくと、彼女、あるいは彼らが、忙しげに働いていたり、一家だんらんなどしていると、私の言葉は行き場を失う。仕方がないから、行き場を失った私の悲しみ、楽しみをもち帰りこねくり回しながら、仕事をする。

あくことなく、私の話し相手をしてくれる人がいたら、私は、仕事などしないだろう。

私は原稿を渡す時、恥ずかしくて、裏返して渡したいと思うが、裏返すわけにはいかぬ。裏にも失敗した絵が描いてある。ある時は、猫の足跡が残っていた。失敗しようと、猫の足跡があろうと、私は紙を捨てることはできない。切れはしが残ると、喜んでとっておく。二センチ四方のカット三ツなど依頼されると、それが、どんな仕事であろうと、切れはしの紙を用立てる喜びに、うちふるえる。そんなことはほとんどないが、上出来だと思う絵が出来上がっても、真っ白い紙を汚した、くちおしい思いの方が強い。

文章の下書きは、広告の裏に書くと、安らかな気持ちになる。どんな立派な本よりも、私には、真っ白けの束《つか》見本が高価に思え、それを汚す時には、ふとどきな無頼なだいそれた気分におそわれ、あたりを見まわし、こそこそとやる。

*

家にある、おびただしい漫画を捨てようと思う。ギラギラした目付きで漫画を読む息子を情けないと思い、より高い教養を身につけさせねばならぬと決意する。息子の漫画をひったくり、捨てる前に読んでおこうと思う。私は我れも息子も忘れ、「六巻はないの」などと言うと、息子は期待にあふれて「まだ買ってないよ」とすり寄って来る。

息子はともかく、私をこれほど魅了した漫画を、私はもう一度点検せねばならぬとすみからすみへ研究する。研究の成果を、私は数々学ぶ。何を学んだか、もったいなくて、口外する気になれぬ。しかし、息子には、より高い教養を身につけさせねばならない。

世間体《せけんてい》ということがあるでしょう。

＊

溺愛される猫は、おめかけさんの猫だけだと思っていた。子供の時から、家には猫がいたが、家族は通り路に猫がいれば、けっとばして歩き、兄弟は、けんかした時、猫のきらいな私を追いつめる道具に使い、猫本来の仕事は、ねずみをとることで、残飯を無駄にしないためだった。しかし、私は決して猫をいじめなかった。猫のたたりを信じていたからで、今でも信じている。今家に猫が二匹いるが、うちの犬には「バカでみっともないきりょう」など言うが、猫には「おりこうね」と言い、猫のいないところでも悪口は言わない。

亭主が猫のひげを切ったり、足の裏にセロテープをはりつけたりすると、私はおそれ、おののき、腹を立てる。「ニャー」と鳴けば、何の「ニャー」か正しく理解しようと、身をかがめて猫なで声を出す。

私は猫の機嫌を損じないために、猫の絵を描いている。

＊

私は寿司屋に行って、寿司を食べると、罪の意識が中トロ、アワビ、うになどの美味と重なり合って、私の胃の中に落ちてくる。コーリャンの真っ赤なおかゆや、ふすまの団子、芋ばかりのぞうすいなどが、私が本来食べるべきものではないのかと、こんなおいしいものを食べてはいけないんじゃないかと思う。小学校四年の時にはじめて食べたトンカツのおどろきと、その店のテーブルの木目などを、私は忘れない。

トンカツのあぶら身をのこし、まだ二切れもあるのに「ごちそうさま」と言う息子が、大きくなった時、私の舌のなりたちと、息子の舌のなりたちを、その舌が、知能、感性、運動神経その他もろもろのものに、いかに作用したのか、とっくり調べてみねばならぬ。白いごはんを一度も食べずに死んだ五歳の弟を可哀そうだと思う時、私はたしかに、チョコレートをすてる子供たちを憎んでいる。

私は、子供たちを憎みながら、仕事をしているのだろうか。

＊

かずみちゃんは私の息子が好きで、息子は、まどかちゃんが好きで、まどかちゃんは、皆のアイドルだったから、誰も好きでなかった。彼らは五歳だった。

ある日かずみちゃんが、私に言った。「わたし、げんちゃんが好きなんだけど、げんちゃん、ちがうみたい、でもいいの」私は何も言わなかったけれど、かずみちゃんの肩をゆすぶって、長い女の人生を一緒に歩いて行きたいと思った。大人も子供もあるもんか。彼らの五歳の恋は、もうどこかへ行ってしまった。

ある日、バスを降りようとして、赤いランプのブザーを押そうとしたら、女の子が私の手の前に小さな手をすべりこませて、ブザーを押してしまった。私は、カッとして、その子の耳もとで、「私が押そうとしたのにい」と言ったら、その子は泣きそうになった。大人も子供もあるもんか。私が押そうとしたのに。

かずみちゃんやバスの小さな傷ついた女の子のために、私は絵本を作ってもいいんだと思っている。

大人も子供もあるもんか。

＊

「ねえ、洋子さん、美しい人は心も美しいですねえ、僕は、みにくい人が美しい心を持っているなんて嘘だと思うなあ」

私は、何十年もかかって我が身をはげまして来た支えを失って、白目を多くして、幸せそうな男をにらみつける。

「洋子さんも美人だったら、こんな仕事してないですよねェ」といって、幸せな男は帰っていった。

「その通りだ」と思いながら、私は仕事をしている。

＊

養老院へ行ってからのことを考えないわけにはいかぬ。

老後の楽しみを、今やってしまうわけにはいかないので、数々のことを私は我慢している。フォークソングなど、十八や二十の人間がすることではないと私は信じるので、ギターをかきならし、うらみつらみをうたうのは、老後の仕事にしたいから、ギターを弾くのを差しひかえている。ＳＦなども、草一本、犬一匹この地上にあるものをいとおしく思えるほど、この地球と別れがたくなった老婆にこそふさわしいと思うので、書かないようにしている。赤いスポーツカーでちりめんのふろしきに重箱を包んで春らんまんの花見なども老後の楽しみなので、赤いスポーツカーなどは買わない。ボーイフレンドなども、養老院に入った時こそ必要なので、作らないようにしている。

あんまり健康な婆さんも憎々しいから、多少の病気もとっておかなくてはならないので、病気などはしないように気をつけている。

四

〔父が死んだのは〕

父が死んだのは私が十九歳の一月一日だった。二年寝たきりだったが、何の病気だか、最後までわからなかった。

ただ疲れてやせてやせてほとんどガイコツになって死んだ。アウシュビッツのユダヤ人の死体に似ていた。昏睡《こんすい》状態に一日半くらいなっていたが、それまで自分でトイレに行っていた。私は浪人中で二月が試験だった。冬休みに帰ったが、父を見た瞬間にあー死ぬと思った。目が茶色く透き通っていた。私を待っていたんだと思った。

父は私の実力以上のものを私の中に見ようとしていた。私には荷が重かったが、私は父が敷いたレールの上を歩いていた。その頃、女で大学に行くものも非常に少なかったが、浪人するものは更に少なかった。今は知らないが、その頃芸大のデザイン科は非常に競争率が高かった。浪人が当たり前だった。父の頭の中には芸大一本しかなかった。

もう声も出なくなっていた父は、私の目だけを見ていたが、父の目は「芸大に入れよ。今年は大丈夫だな」というメッセージだけしか発していないとその時は感じた。

そして大晦日《おおみそか》の夜中の二時に父は死んだ。父方の従兄《いとこ》と私が側《そば》についていて、隣の部屋で医者が仮眠をとっていた。父が死んだ瞬間私は何を思ったか。ホッとした、あーこれで今年芸大に落ちても気が楽だ。

まるで映画のように母がまろび出て来て、父にのしかかり「アータ、アータ、アータ」と絶叫した。「あなた」と言っているつもりだった。まるで芝居で、芝居以上だ。でも芝居ではなかった。後で叔母が「私が笑いをこらえてたの知ってた？」と言った。人は最も厳粛な瞬間何故か笑いたくなる。「アータ、アータ」でも芝居ではなかった。

誰も父が助かると思っていなかった。母も毎日今か今かと不安だったと思う。十九の私の下に三人も子供が育ちきれないでいた。下の妹は七歳だった。人が集まって来た。これから先どうなるのだろう。家族よりも周りの人がどうなるのか心配だっただろう。集まった人の一人が「お前、大学に行くな、働け」と短く言った。家も官舎の子だくさんの地方公務員の父に金があるはずはなかった。

葬式がすんで、一週間目に母が「あなたは、帰りなさい」と言った。貧乏な予備校の同窓生大勢からたくさんの手紙とささやかな香典がとどいた。母が、「いい友達だわね」と言った。これは今思い出したのだ。あー母が肯定的なことを言ったこともあったのだ。それと「帰りなさい」とどういう関係があったのか、今もわからない。母は私と一緒に暮らすことに耐えられないとわかっていたのではないかとその時は思った。もう父がいなくなった家で、私は母の手におえない娘になっていたのは確かだ。父の遺志だったのだろうか。

あとで母が言っていたが、父は母に未亡人教育をしていた。未亡人には二通りあるそうで、一つはめそめそして未亡人が顔に出るタイプで、もう一方は、力をふりしぼってがんばるタイプだそうだ。それから多分母は負けん気と見栄《みえ》で、この世を乗り切ろうとしたのだと思う。父が教育しなくても母はそうなっていたろう。

一週間たたない内に、私と二人っきりになった時、「あのね、悪いんだけど、父さんが死んだら頭の上の石がとれたみたいなのよ」と母としては、実感のこもった言葉をはいた。

私はそうなんだ、そうだろうなあと素直に思えた。私だってほっとしたんだ。死んで嬉しいのではない、母も私も。

高校生だった弟は、父が死んだ時は、汚いこぶしで顔中をぐりぐり涙をまぜ返していたが、私は弟を見て、「あんた父さんが死んで本当によかったね」と心の中でしみじみ思った。「あんた偉いわ、よく涙が出るね、あんないじめられたのに」父には一種残酷な狂気があった。そしてそれが弟に集中した。父にとって家の子は全《すべ》て秀才であることが当然だったのだ。弟は辛抱強く耐え、ぐれることもできないのだった。弟は動物に心を寄せた。せきせいいんこを大事に優しくめんどうを見た。どんどん増えてきた。父がまだ元気で弟は小学五、六年生のころだった。父はどでかい鳥小屋を庭に作った。金あみが張ってあり、弟は懸命に手伝おうとして、そのたびにどじをふみ、父ははげしくののしるのだった。

「だから、馬鹿《ばか》なんだ、どけ!!」「馬鹿め」弟は泣いていた。でも嬉しいのだ。でき上がると、父は晴ればれと「これで何百匹になっても大丈夫だ」弟はそれから毎日夜暗くなるまで、鳥小屋にいた。鳥の青や黄色の羽がパタパタ動き回るそこだけ小さな天国に見えた。

台風が来た。朝になったらとんでもなく空が青かった。弟が顔色を変えた。大きな鳥小屋がひっくり返っていた。

ひっくり返った鳥小屋の中に入り込んで、上の方に弟は空しく手をのばしていた。

一羽も残っているはずはなかった。父は「馬鹿野郎、飛んでいかない鳥がいると思うのか」風でひっくり返るような鳥小屋を作った父さんが悪い。

死んだ次の日に弟の日記が机の上にひろげてあった。

「僕は父さんが死んでうれしい」と一行書いてあった。

私は母より父を愛していたが、弟のために本当に死んでよかったと、下手な弟の字が切なかった。

私は東京に戻り、受験をして失敗し、失敗した人達が行く学校に行った。それっきり私は家を離れた。

母は生涯で一番ふるい立ち、傷つき戦った日々だったと思う。平凡な主婦だった母が市立母子寮の寮母になった。年配の男の寮長がいたが、しばらくすると母が寮長になっていた。

「あんなの、何の役にも立たない」

母は愚痴《ぐち》をこぼしたが、何の相談もうけたことはない。何一つ意見が合わない私は、母にとって邪魔だったろうし、私は現実的に何の力もなかった。


「父さんと渡辺先生はもしかしたらホモだったんじゃないか」妹と私は大人になってから父の古い友人である先生のことを度々《たびたび》話すことがある。

「まさかホモじゃないけど、男が男に惚《ほ》れるって、ナマもの見たのあれだけだよね」

「私さあ、父さんが死んで先生が仏壇の前で、『サノリイチイ、何故死んだア』って大声で泣いた時、死んだ父さんよりも先生がかわいそうだったよ」「でも姉ちゃん、その時クスクス笑っていたじゃん」「だってでっかいこぶしが真横に行ったり来たりするんだもん」「私、先生の声があんま大きかったからただ驚いてポカンとしてたよ」「私、小母《おば》さんが父さんにやきもちやいているみたいに思うことあったよ」「あの先生がいなかったら私達、大学なんか行けなかったよね」

先生がどういう組織力を行使したか知らないが、父の中学、浦高、東大、満鉄、職場、父の生徒達、その他あらゆる人脈から、私達の奨学金を集めまくってくれたのだ。それがどれくらいだったかわからない。わからなかったが、私は自分が大学に行ける身分でなかったことだけはわかっていた。先生は体がでかく声がでかく顔がでかく、その上に波うつ毛が大量に乗っかっていた。酔っぱらうとドイツ語で「ぼだい樹」をうたった。先生は父よりも慈愛に満ちた目で、一生私を見てくれた。

先生が死ぬ二年くらい前、訪ねた時、「洋子ちゃん、僕、バカになってしまったよ」呆《ぼ》け始めていたのだ。呆け始めにバカになったと自分で言った人は先生だけだった。その時の切なさは、父の思いが私に遺伝子として残ったのではないかと思う。私も先生に惚れていた。男としても人間としても夫としても父としても。うり二つが現れたら、私は嫁に行きたい。今気が付いた。六十七になって理想の男がわかった。

上の妹も大学受験になると、何とかして母の側から離れたい一心で、京都の大学に行った。下の妹も地元の保母学校を卒業した時、母の元を離れたがっていたが、母に立ち向かうには肝っ玉が小さすぎた。母は言いなりになる妹を手許《てもと》に置きたがったのだろう。上の妹がバットマンのように舞い降り、妹を母から救い出そうとした。泣いて大さわぎの修羅場で肝っ玉の小さなお姫様は「やめて、やめて、けんかするなら、私はいい」と泣き出し、やる気まんまんのバットマンはあとで、「ったく、あの子はいつでもそうなんだから」と言っていたが、結局下の妹も母の元を離れた。かわいそうな母さん。

母の元には、弟が残った。

父が死んで六年目くらいの時、私が知らない間に母は家を建てた。一坪の土地も持たずに死んだ父だった。母は父が死んだあと土地を買っていたが誰も知らなかった。家を建てる時、その土地の半分を売って家を建てたとだんだんわかった。

やるもんだと私は感心した。

しかし、私も妹達も、その金の出所を母に聞いたことはない。聞くのが少なくとも私はこわかった。もしかして先生が、かき集めてくれた金だったら、私は恐ろしかった。今でもなぞである。そして私は今でも真実を直視できない。もしかしたら父も保険くらい入っていたのかも知れない。

きっとそうだ、そうだよね。

退職金だってあったよね、うんそうだ。

いずれにしても母には執着と自負に満ちた家だったと思う。

二十年なじんだあと、母は自分の家を嫁に追い出された。

弟が結婚してから母は嫁の悪口を電話で長々と延々と話すようになった。その為《ため》に上京してくることもあった。奈良の妹のところも同じだった。私達は聞く耳を持たなかった。実の娘三人が逃げ出したんだ、嫁さんはさぞかし大変だろうと思った。弟も間に入って苦労しているだろう。

母が定年になってからは、どんどんエスカレートして行った。

もううんざりだった。

ある時、母は家に来て、娘達に招集をかけた。奈良から妹も来た。私は家を三十五年ローンで建てたばっかりだった。一年くらい前に離婚もしていた。

母はぐるりと娘達を目の前にして、「私は老人ホームに入ることにきめたの」場所も特定してあった。

私は、「あと六畳くらいは建て増しができるから家に来たら」と言うと、「あんたのところお客が多いから、玄関も台所も別にしてくれなきゃ嫌よ。私にもプライバシーがあるもの」私はあきれた。

「だって、母さん家族だもん、一緒に住めばいいじゃないの、ごはんなんかも一緒に作ってさ」母は目をむいた。「あんた、年寄りを家政婦代わりにするわけ？」年寄りと言っても六十を少しばかり出たところである。

奈良の妹も団地から割合い大きな家に引っ越したばかりだった。「母さん、奈良に来たら？　一つ部屋があるから」母は言った。「嫌よ、あんたのところのダンナ、鬱陶《うっとう》しいもの」妹も黙った。

「とにかく老人ホームに入るの、あと四百万円足りないの」「本当にいいのね」「いいの。決めたんだから」私達は三人で二階にかけ上がり、一分もたたないうちにお金の分配ができた。ダダッと降りて「母さん安心しな、お金は大丈夫だよ」と言ったとたん母はワーッと泣き出した。「この年になって、娘に老人ホームに入れられるなんて……」私達は呆然《ぼうぜん》と立ったままだった。

　次の日十二歳の息子が言った。「おばあちゃんは引きとめてほしかったんだよ」

　昨日母さんは向こう向きに寝ていた。目の下に黒くくまができていた。

「母さん」と顔のそばで言うと、ジロッと目だけ動かして「あんた、顔が大きすぎるわ」すいません。向こうを向いたまま「行きましょうか」と言った。「どこへ」「私の家の横でいいの」

自分らしく死ぬ自由

私は五十九で、もう何ヵ月かで、還暦である。（女に還暦があるのかどうか知らないが。）

老いの問題となると私はとり乱すしか方法がない。平均寿命が延びて、あと二十年余も生きるかと思うと、呆然と立ちつくし、あたりをキョロキョロ見回し、何？ 何？ 私なんでこんなところで、こんなことしているの？ とリツ然とし、短くない六十年が、頭の中をぐるぐるかけめぐる。もう充分生きた。これ以上も以下もない私の人生だった。命を惜しむことなど何もない。今すぐ死んだってどーってことない。昔は人生五十年だったのだ。しかし、私には八十四歳の呆《ぼ》けた母親がまだ生きているのだ。自分の老いを考えていい年齢であるのに、まだ片づかない呆けた母親、あと十年はあのままあの世とこの世の間でさまよっているように生き続けそうな気がする。七十七で母が呆けた時、私はまず、親の片がつかないことには、自分の老いの問題は、棚上げしようと考えた。物事は、順ぐりに順序というものがあるとその時は考えた。その決心もぐらついて来た。

私は新聞のどこを読まなくても死亡記事だけは目を通す。そして年齢だけをチェックする。九十過ぎはゴロゴロいる。五十代、六十代の人は病死であっても事故死のようにしか思われない。（夭折《ようせつ》と今では言うのだろうか。）

ウーン九十か。

新聞ばかりではない。私の友人の親はほとんどまだ生きている。

九十過ぎも全然珍しくない。

母が九十過ぎたら私も七十過ぎる。

七十過ぎてどう老いの設計を立てるのだ。

本当に事故にでも出合って昇天したくなる。

長生きは本当にめでたいことなのか。

豊かな老後など本当にあるのだろうか。

忘れられないワイドショーの報道というか、のぞき見というか、うすっぺらなヒューマニズムというかがあった。

ばあさんが、こわれかけた自分の家にしがみついて動かなかった。近所の人も福祉関係の人も施設に移るように再三忠告したが、ばあさんは頑として動かない。ばあさんの家は崖っぷちに立っている。崖がどんどんけずられて家の半分は下が何にもないのである。空中にうかんでいるのである。金がないのか家の中の床板にはなんにもない明るい穴がたくさんあいている。

そこら中腐っているのである。

ある日ばあさんは腐った床板からころげ落ちて六十メートル下の川で、死んでいた。

便所の床板が抜けたのである。

ワイドショーはその家の遠景を映し、ぐーっと近づいて、つき出ている家半分と崖を映し、六十メートル下の川っぷちを映した。

コメンテーターは作りものの深刻そうな表情で「何とも痛ましい事件です」。キャピキャピした女の厚化粧のアシスタントも「何とか福祉の問題を私達も真剣に考えなくてはいけないと思います」と全然本気じゃないヒューマニスト面《づら》で言い、私は胸クソが悪くなった。私はばあさんに心から感服した。立派じゃないか。肝っ玉がすわっているじゃないか。多分とんでもない強情なばばあだったのだろう。近所でも嫌われていたのかも知れない。時流に逆らう人は迷惑なものだ。

『楢山節考《ならやまぶしこう》』のおりんばあさんは、共同体という小さい閉ざされた世間の了解があったから異端の人ではなかった。彼女は小さな世間の笑われ者にならないという、拠って立つべき掟《おきて》に命をあずけることが、輝かしい自負であった。共同体そのものの存続のために、貧しい共同体の智慧《ちえ》に従った。

だから隣の死にたくないじいさんはみっともない恥ずかしい人なのだ。

しかし、今、日本中が、いや世界中が一つの共同体に拡大した。日本中が、世界中が生命は地球より重いと合唱する。世間が世界中になったのだ。便所板をふみ外してころげ落ちたばあさんは世間を一人でふみ外したのだ。

世間はそういう人がいると居ごこちが悪い。

厚化粧のワイドショーのアシスタントの女は「ご近所の人はもう少し何とかできなかったのでしょうか」と無責任なしたり顔をしたあと、すぐ「さて次は芸能トピックスです」と、誰だかの熱愛発覚に実にスムーズにっこりと移行して行った。

あんたね、今、ご近所はないんだよ。

ご近所は少しでも他人から迷惑をかけられたくないんだよ。だから福祉にご迷惑を肩代わりしてもらって、人と関係を持ちたくないんだよ。

私も、呆けた母を捨てた。金をかき集めて自分の老後を棚上げにして金と共に母を捨てた、有料老人ホームに。

それまでのなりゆきは五冊、六冊分のことばに換えても不充分だと自分は思うだろう。これは私だけではなくそのようなところへ親を捨てた全ての家族が、ヘドロを腹の底にため込むようにかかえていることだと思う。

そして、私は、老人が集っているいわゆる福祉の現場にチャンスさえあれば、吸い寄せられるように行ってしまう。

老人病院というものにも、ふらふらと吸い寄せられる。友人の親たちが、そこら中にちらばっているのだ。

かっと見開いたうつろなまばたきしない目で天井を見ている、管だらけの、黄色い顔しているおばあさん。その口は例外なく開きっぱなしの肛門のようにしわが中心に向かって集まっている。

あるいは、車椅子にしばりつけられて、一日中立派なホールに集まっている特別養護の老人達、誰とも話をしないでじっとしている。

あるいは、陽がよくあたるガラス張りのきれいなホールで、円陣をつくって、童謡をうたっている身ぎれいな有料老人ホームの老人達。本当にうたなんかうたいたいのだろうか。

九十過ぎて三カ月ずつ老人保健施設を、出たり入ったりして、顔役になっているやたら元気なおばあさん。二十も若いおばあさんの車椅子を押しながらでかい声で説教している。

パンフレットを持って、宗教の勧誘に来る人達が一様に同じ表情をしているように、どの老人達の集団も一種独特の表情をしている。私はそれを口で言い表せない。

あの人達は多分自分の親や姑《しゅうとめ》の世話をしてあの世に送ることは当然のことと思っていた世代である。当然自分達の老後をそのように考えていただろう。家族制度も社会も倫理観も住宅事情も変わった。

彼らはモデルのない老後を呆然と生きているような気がする。

ワイドショーの「何とも痛ましい事件」のばあさん。老人施設に行けば、便所の板をふみ抜いて六十メートルころげ落ちることはなかったかも知れない。でもあのばあさんは、死んでも自分の家を離れたくなかったのだ。

命がけで、腐った家にしがみついたのだ。

福祉をたった一人で拒否したのだ。

私もできることなら、便所の板をふみ外してころげ落ちて死にたい。

もしも私にそれだけの肝っ玉があればのことだけど、世間と世の中の流れにたった一人で立ち向かう度胸があればだけど。

世の中は合唱する。自分らしく生き生きと生きましょう。なら、何で自分らしく死ぬ自由はないのだろうか。

一日でも長く生きることはそんなに尊いことなのだろうか。

私は取り乱しているだけである。

死ぬまで取り乱し続けるのだ、きっと。

今日でなくてもいい

昨日のお昼、前の晩作りすぎたいなり寿司と作りすぎた煮もの、作りすぎた汁ものなんかを鍋に入れたまま、車にのっけてサトウ君ちにお昼をしに行った。片道十八キロ山道を下る。十八キロでも隣なのだ。

アライさんちに大人の傘より大きい葉っぱの蕗《ふき》がある。一本煮るとなべ一ぱいになるが茎はやわらかい。丁度ちくわくらいの太さでちくわくらいの穴があいている。昨年一本もらって傘みたいに肩にかつぐと、背の高いサトウ君でさえ、コロボックル（見たことないが）か、小人みたいに見えた。小さいマリちゃんはものすごく可愛《かわい》い妖精みたいだ。昨年の夏三人でびっくり笑いをしながら一本ずつもらってかついで来たのだ。

サトウ君はこの間「あのでっかい蕗の蕗のトウはこれくらいでかいのじゃないか」と手をバレーボールくらいの大きさに作って聞いたけど、蕗のトウのことは考えてなかった。サトウ君は「見て来てよ」と熱心に結構しつこく言ったので、昨日アライさんちの裏の巨大蕗の生えていたところに行くと、枯葉の中から蕗のトウがたくさんポコポコ出ていたが、ふつうの蕗のトウより少し大きいくらいで、バレーボールほどはなかった。

それを四つもらって今日サトウ君に見せて「これがあの蕗のトウだよ」と言うと「なあーんだ」とすごくがっかりした声を出した。しかしサトウ君はあの巨大蕗に執心して「あれ、もらえないかな、うちに植えたい」と言うので「もらって来てあげよう」と私は自信満々にうけあった。

いなり寿司を食べてる最中にサトウ君が突然「俺の葬式は家でやってくれよな、マリコ」と言った。マリちゃんは「えー嫌だよ、家で葬式するのすっごく大変なんだから。家中かたづけたり、場所ないよ」「かたづけるなんてかんたんじゃないか、ここんところサーッとかたづけりゃすむじゃないか」。死人のはずのサトウ君がサーッとかたづけるなんて言うのだ。

「棺おけそこに置いてさ。来た人は庭のこっちから来てこっちへ帰ればいいじゃないか。ここでおがんでもらってさ」。死人のサトウ君が言う。「えー、嫌だよ」。サトウ君もマリちゃんも全然死にそうにない。サトウ君なんか体型からして九十五過ぎまで楽々と息していそうだし、マリちゃんのお父さんは九十でテニスをしている。寿命はなんたって遺伝子だ。この中で一番早くくたばりそうなのは私だが、くたばる前に遺伝子は呆けを運んで来るだろう。

「俺はやっぱ葬式は家でやるのがいいと思うよなあ、昔は皆家でやったよなあ」。死んじまったら本人はわかりゃしない。「わかった、わかった。サトウ君の葬式はここで私が立派にやってやろう。あのまめまめしい星田さんと一緒にぬかりなくちゃーんとやってやるよ」。私はアライさんちの蕗をもらうのと同じくらい軽くうけあっていた。

しかしサトウ君は何で自分が先に死ぬと思って葬式の指示、希望を女房に頼むのだろう。マリちゃんも何で自分が残るものだと思って「嫌だよ」なんて言うのだろう。私が先に死ぬかも知れないのだから「わかった、まかせなさい」なんて言うのも変だが、「死ぬのはいつも他人」なのか。しかし生きている人間に絶対に確実なのは死ぬことだけだ。生まれて来ない人はいるが死なない人はこの世に一人もいない。

私も葬式は家でやるのがいいとずっと思っていた。家の葬式が無理ならせめてお寺にして欲しい。無宗教って奴が一番困る。めりはりもしまりもなくて皆もじもじしているだけで人が本当に死んだ気がしない。葬式は一種の集団心理に支配されて、泣くつもりもなくて、そのくせハンドバッグに真っさらなハンカチは必ず入れて、ゴーンなどと太い棒で底響きがするでかいおわんみたいのを坊さんがたたくと、暗いあの世をのぞくような気がする。誰かが泣き出すと、ついうつって、泣く。涙が出ないと自分が不人情かと思ってあせってしまうのが葬式で、うき世のけじめというものだ。

この辺では葬式は家でするのが普通らしい。お正月にマコトさんのお父さんが亡くなった。もうずっと具合が悪くて、「じいちゃん今日はどうだい」ときくと「苦労だァ、苦労だァ」とうなっていた。お嫁さんのアケミさんが「おじいちゃんどう」ときくと、やっぱり「苦労だァ、苦労だァ」とうなっていた。ある日アケミさんが「どう、おじいちゃん」と言うと「八郎の次だァ」と言うので何かと思ったら「八郎の次は九郎」なのだとわかったそうだ。

「何か飲みたい？」ときくと「こう胸がスカッとするもの」と言うので、いつもサイダーをあげていた。サイダーを飲むと「ウム、スカッとした」と言うそうだ。「もう、お前、あのじいちゃん、サイダー、トラック二台分は飲んだぜ」とマコトさんはげらげら笑いながら言っていた。私は老人が家族に「今日はどうだい」と毎日言われているのを頭をたれてきいていた。

マコトさんは風呂にも一緒に入ってやっていた。「もう入りたがらないの、そんでも入れちまえば素直なものよ、そんでも何だろ、チンボだけは洗わせないのよ、こうやって、絶対だよ」。そんなものなのか。私は東京で、親父を風呂に入れてやる息子と話をしたことがない。マコトさんは夜も隣でねてたそうだ。「あのじいちゃん、もう二時間おきに小便だぜ、本当二時間おき」。マコトさんの仕事は激務だからケロッとしているのが心配になったが、「わかったけど、本当は小便じゃないのヨ。淋しいんだよな」と言っていた。

ある日、おじいちゃんが、「体をふいてくれ」と突然言ったので、何だろう、不思議だなと思って、体をきれいにふいてやった。ふだんと変わりは何もなかったそうだ。しばらくすると、「何かスカッとするもの」と言ったので、吸い口にサイダーを入れて飲ませた。それからすぐ、ヒクッとしてそのまま死んでしまったそうだ。「自分で湯灌《ゆかん》して、末期《まつご》の水も自分で飲んで大往生で、すごいだろう」。まるで、どこかの民話のようではないか。

マコトさんはとても立派な葬式のあいさつをしたそうだ。かつてはブイブイの左翼運動家だったマコトさんは、自分で「私は気が付いていなかったが常に親父の背中を見て育ち生きていた」と読み上げる時、自分で泣いてしまったそうだ。私は泣いたマコトさんを見られなくて損した気がした。マコトさんはやることをすべてやりとげたあとですがすがしかった。アケミさんもすっきりしていた。

私は子供の頃父親が、「日本の家族制度は残しておくべきだ」と言っていたのを覚えている。百姓の七男で、馬、牛、以下の扱いをうけていた父が、家族制度を残しておくべきだと言うのが不思議だった。深くは何も考えなかった。百姓の長男の嫁なんかになったら地獄だろうと思った。

親をたらい回しにしたり、独身の姉や妹に押しつけっ放しにして、財産だけは平等にと言うのが当たり前というのは変だと思う。核家族は核分裂をおこす。分裂した核は族にはもどらない。

数日前、大きなお葬式があった。花輪が県道まではみ出して、交通整理の警備員が十人くらい出て、小学校の校庭くらいの広場に車が何百台もとまっていた。私はよそ者だからだれが死んだのかわからなかったが、こんな小さな町のお葬式は立派なもんだなあと思った。

マコトさんの名前の花輪が三つもあった。マコトさんとアケミさんが遊びに来た。死んだ人はマコトさんちの親戚筋の人でもう九十過ぎた人だった。大きな建設事業を一族で経営していて、死んだ人が創業したそうだ。その一族の仲の良さと立派さはこの辺でもめずらしいほどの家だったそうだ。その亡くなったおじいさんが、一族にしたわれていたのは並々ならぬものがあったそうだ。

何だかマコトさんが元気がなくて、「いやあ俺考えちゃったよ。だって九十のじいさまが死んだんだよ。もう一族何十人が、じいさんにとりすがって、わァわァ泣いているんだよ」。「泣きまねとか、芝居とかっぽいの?」根性悪の私は言う。「絶対にちがう。見ればわかるわよ。あれは本当に心から悲しんでいるってわかるのよ」アケミさんは断言する。

私の友達など姑の葬式でＶサインを出した人もいるし、首から親父の骨箱をぶら下げながらスキップしていた男も見た。それほど年寄りは重いストレスを家族に与えつづけて来たのだ。そして、私達はおびえている。自分達もまた、家族にとって、ストレスだけの存在になるのだ。いやもうなっているかも知れぬ。

核家族に、老人は支えきれないのだ。

九十過ぎだからひ孫まで、一族何十人もいたそうだ。それが一人残らずなげき悲しんでお棺にとりすがったのを見て、マコトさんは「俺冷たい息子だったのかなあって、思ってしまったよ。俺は、あんな身も世もないって気持ちになれなかったんだよなあ」とうなだれた。アケミさんは「パパ、あの家は特別なのよ。だって、焼場に行く時、息子の一人が霊柩車の前へとび出して仁王立ちになって、おじいちゃんが好きだった村の中をぐるっと回ってくれってたのんで、村の中しずしず回ったのよ。皆が、そんな気持ちに自然になる家族なのよ。でもどうしたら、家族中がそう思えるのだろう。何か私も、不人情なのかしら。ねえ、何で皆がそう思えるのだろう」。

親父のチンボまで洗ってやろうと思った息子でさえ、うなだれている。

「でも、九十過ぎた本人はもういいって思っていたかも知れないよね」「いや、あの家族は生きていて欲しかったんだよ。俺なんか、うちのじいちゃんよくやったエライエライって、どっかほっとしたもんな」。当然ではないか。私なんか老人ホームに母を捨てた。捨てたと思っている。

そう言えば、九十七歳の友達の母親が、「洋子さん、私もう充分生きたわ、いつお迎えが来てもいい。でも今日でなくてもいい」と言ったっけ。

やっぱり、家でお葬式するのはとても大変なことだ。きっと、と私は思う。あの美しい一族は、ほろびたはずの家族制度が、奇蹟のようにポツンと残っていたのではないだろうか。事業の創業者の長男が次代の事業をうけつぎ、その長男を兄弟が一団となって助け、そのつれ合いは夫の親族とむつまじく結束した奇蹟だったのだ。

ネパールは鳥葬や風葬で墓がない。墓がないと墓という言葉がないそうだ。その国その国の「死」はそれぞれ違うのだろう。時代によっても変化していくのだろう。

いつ死ぬかわからぬが、今は生きている。生きているうちは、生きていくより外はない。生きるって何だ。そうだ、明日アライさんちに行って、でっかい蕗の根を分けてもらいに行くことだ。それで来年でっかい蕗が芽を出すか出さないか心配することだ。そして、ちょっとでかい蕗のトウが出て来たらよろこぶことだ。いつ死んでもいい。でも今日でなくてもいいと思って生きるのかなあ。この日本で。

そのとき

その病院は多摩丘陵に突然生えて来たごとくに緑の中につっ立っていた。見かけは、高速道路の出口に林立しているラブホテルのようで、様式なぞめちゃくちゃなちょっと古風な西洋館である。張り出した白いバルコニーなどもあった。そんなものが私の家から車で五分もしないところにあったのは知らなかった。中に入ると床が大理石で受付ホールにピアノがあり、待合室は花柄のソファがあるのである。

私はびっくりしたが、ほかの病院の冷たいくせに不潔な感じとツンケンしている雰囲気とまるで違うので、その花柄のソファに座って同じ柄のクッションに抱きついて、内科の診察室の前で待っていた。患者もばかに少なかった。私はひどい神経症で、体中がのこぎりでひかれて、うすですりつぶされて、灼熱《しゃくねつ》の太陽の下の砂漠を血まみれの心臓をひもでずるずる引きずって歩いているようで、その他体中が内乱を起こしているボスニア・ヘルツェゴビナのようだった。ものなど全然食べられないのでどんどんやせていき、腹に手を置いたら、両足のつけ根の骨の間をえぐったようになっていて、これは栄養失調で死ぬかも知れんと思ったので、点滴をしてもらおうとその病院に行ったのである。家から一番近い病院だったからだ。

　診察室に入ると実に堂々と立派な医者がいた。その医者が全然いばっていなかったので、私は驚いた。優しかったのである。「ここに入院させてくれますか」と言うとその医者は「ホテル代わりに使って下さい」と優しい目付きのまま言うのである。

　病室にはドレッサーまであった。私は空いている二人部屋を一人で使うことになった。隣は個室で空いていたが、あまりに広く、あまりにデコラティブで私は何だか恥ずかしかったのでやめた。部屋を案内してもらう時に、ホスピスだったことがわかった。何だ？　何だ？　と思ったが好奇心も充分にあったのだ。

　私の体はどこも悪くなくて、睡眠薬をもらうだけで、あとは痛いのを我慢しているだけなので、気を紛らすためにテレビの置いてあるホールに行って一日中、花柄のソファにうずくまって、ホールに集まって来る人達を見ていた。全員ガンなのだ。

　私が入院した次の日、個室に患者が入って来た。背のスラッとした知的な美人の五十代の奥さんはホールで見舞客と小さな声で応対していた。実にたくさんの見舞客があるのだ。小声でもきこえてしまうし私は聞こうとしている。患者はＡＮＡかＪＡＬのパイロットだとわかって来た。奥さんは絶対にスチュワーデスだったとしか思えない。見舞客もパイロット仲間らしかった。

患者は始めから告知を希望していた。

自分の病状を正確に把握していた。

医者に余命をたずねた。医者は二カ月と答えたらしかった。

「ええ、主人は、自分で、ホスピスの資料を集めて、ここに自分できめたんです。ああいう人ですから」

理智的で沈着な人だったにちがいない。見舞客四人は息をつめて、つばさえ飲み込めずにしんとしていた。

「最後は家族だけで静かにって前から言っていましたから。ええ、前の病院では、ちゃんと食べていたんです。

ここに入った日から全然食べなくなってしまいました。話もしなくなりました。

主人はお医者さんに止めて欲しかったのだと思います。まだそんな必要がないって。

私もこんなに急にガックリしちゃうって思ってなかったもので」

キチンとスーツを着ている見舞客は微動だにしなかった。

私のベッドから、夜中暗いオレンジ色の灯が見えて一晩中家族の誰かが起きている気配がひそかに感じられた。

隣の部屋が真っ暗なよりは、灯がついて人の気配があるほうが、私も温かい気持ちになれた。一度だけ半開きになっているドアから患者の足だけが見えた。青い縞のパジャマから出たすねが、バタンと反対側に倒れた。体中が切ながっているような弱い倒れ方だった。

次の日、夜になっても隣の部屋は暗いままだった。私は淋《さび》しい気がしたが、その前にバタバタしたあわただしい気配は何もしなかったので看病の人も早く寝たのだろうと思った。次の日看護婦さんに「隣、静かだね」と言うと、「ああ、お隣の人ね、昨日亡くなったの」と言った。「えっ、わかんなかった。だってまだ来たばっかりじゃない」「うん四日だったかしら、三日だったかしら。早かったのよ」丸々と健康そうな看護婦さんは、そのまま部屋を出ていった。私は奥さんの、主人は止めて欲しかったのだと思います、という言葉が頭から離れなかった。どんなに冷静沈着な人も、頭で考えることと気持ちの底の底は自分でもわからないのだ。

その時にならないとわからないのだ。

奥さんも医者もわからなかったのだ。

患者の言葉の向こう側の言葉ではないものは、その時が来ないとわからない。理性や言葉は圧倒的な現実の前に、そんなに強くないのだ。

私は十一日目に病院を出て来た。

〔六十の還暦を〕

六十の還暦を迎えた時、私は呆然とした。私の友人は六十歳が多かったのでもう少し若い友人達がお祝いをしてくれた。六十のババアでもはしゃぐ。ゾロリと並んだ還暦ジジイとババアは、赤いブラウスを着たり真っ赤なベストを新しく買い求めたり、中には真っ赤な和服を着用したりする人もいて、大いに盛り上がった。お祝いに皆、揃いの赤いスウォッチの時計を贈られて、ますます嬉しかった。

華僑《かきょう》の妻のように見える貫禄《かんろく》の女は真っ赤な和服で、「ねえ、ねえ、六十って、すごく嬉しくない。何でも自由にできる時がやっと来たと思わない。もう私の未来キラキラ光るみたいよぅ」と発言した。しかし私は呆然とした。私にとって六十はついに来たかどんづまり、人生の山場の尾根まで登って、あとはころがり落ちるばかり死の谷に向かって立っているとしか思えなかった。

前向きの人生と、いじましく老いにつかまれたと感じる性質の違いに、反省と自戒を思ったが、私の腹の底は強情に、やっぱりころげ落ちるのだという石みたいなものが動かなかった。

華僑の妻みたいな友人は、岡本かの子が老いて「いよよ華やぐいのちなりけり」とうたったことを思い出させた。田中澄江が、体力的にも精神的にも六十代が自分の人生の盛《さか》りであったというような言葉を書いていたことにも、私は仰天していたのだ。鶴見和子が重い脳梗塞の手術のあと、ほとばしるように、短歌をうたい上げたことにものけぞる思いだった。そういう人達は特別なエリートなのだ。

私はもう人生おりたかった。おりてトボトボと歩きたかった。ほとんどの人間は天才でもエリートでもない。

私には体力的にも精神的にも衰えゆくという自覚しかないのだった。「死ぬまで現役!!」とスカートを広げてくるりと回った同じ年の友人もいた。「あたしゃ、もういい!!」と五十にしか見えないその人を見ながら思っているのだった。

私は生きる意味を見つけ出しかねた。子供が育ち上がってから、私は何の役割もないのだった。私はウロウロするばかりで、それでも、その日その日を生きていて、飯食って糞して、眠るのだ。それなのに、私はゲラゲラ笑い、視線は空よりも地面に向かい、春のきざしの蕗《ふき》のトウをさがしに行き感動して、泥棒のように蕗のトウを集めて、つくだににして、飯にのっけて「うめェ」とうめくのだった。地面にはって咲くパチッと開いた、名前を知らない小さな白い花を、しゃがんでいつまでも見ていた。

そういう時、私は深くしみじみ腹のもっと下の方から幸せだなあ、こんな幸せ生まれてはじめてだなあ、今日死ななくてもいいなあ、と思うのだった。意味なく生きても人は幸せなのだ、ありがたいことだ、ありがたいことだと、ヘラヘラ笑えて来た。命をころげ落ちながら、ヘラヘラ笑うことにぎょっとすることもあったが、顔はヘラヘラし続けた。

仕事なんぞしたくもないのだ。金の心配をしながら、九十まで生きたらどうしよう、呆けたらどうしようと、暗闇に突っこまれたようになったが、ひどくたびたび突っこまれても、考えたからって、どうなるものでもなかった。一生懸命心配しても呆けない保証もなく、もしかしたら百二歳まで生きてしまうのを止めることもできず、今運よく心臓発作におそわれるかも知れない。しかしそれは人の力をこえることだった。

五年ほど、私は群馬県の山の中で暮らしている。冬になると、村の中で私だけが住んでいた。夜になるとインクつぼの中にいるみたいな暗闇の中で生息している。雪に降りこめられると、車が車庫から出せなかった。私はそこで生活する必要は別にないのだった。東京へ帰ってもかまわないのに、私は理由もなくそこで日をすごしていた。何で、私はここにいるんだろうと、たびたび思った。

夢を見た。

机の上に白い花をたくさんつけた夏椿の枝がどっさり置いてあった。人がたくさんいて動いていた。夏椿の枝の向こうに女の人が動き回り、そこは台所らしかった。赤いおわんにすまし汁が張ってある。赤いおわんははるか向こうまで果てしなく並んでいた。私の役目はすまし汁の実を一つずつ入れることらしかった、すまし汁の実は夏椿の花を一つずつ入れるのだ。私は枝から花をちぎり、赤いわんに一つずつ浮かべる。一心不乱にちぎっては入れちぎっては入れる。だんだんあわてふためいてちぎる。突然私は川に落ちている。まわりに白い夏椿の花がぷかぷか浮いていた。

私は泳ぐでも泳がぬでもなく、水の中でバタバタ手足を動かしていると、水があい色の筋になって流れ出した。あい色の染料の玉が水に流れていて、そこから濃い水が次第に淡い水の筋になって流れてゆくのだった。

玉はいくつもいくつも流れて来た。

その時は水はただ澄んだ青い筋がゆれていて、夏椿などどこにも浮いていなかった。

水は冷たくもなく温かくもなく、サラサラと私の体の外側に分かれて青い筋がリボンのように遠ざかっていく。何としめたことだろう。こんなきれいな水に浮いている果報者の私よ。嘘《うそ》みてえ、夢だもんなと夢の中で私は思っているのだ。すると木の桟橋に私はぶつかり、私ははいあがると、新しい木の匂いがする細い橋がまっすぐに水の中にのびていた。私は細い桟橋に立っていた。私はすっきりとかっこよく立っていた。見ると桟橋の両側に夏椿の白い花をつけた枝がずっと並べてあった。夏椿の花道である。

　そして木でつくった小さなお宮が桟橋のつきあたりに立っていて、アーチ形の入り口があった。白い夏椿が組み合わされてアーチ形にふちどられていた。ああそうか、あそこが死ぬ入り口なのだ。へえー、こんなきれいなところが死ぬ入り口なのか。死ぬってこんなにいい気持ちできれいっぽいのか。了解!!　と思ったら目が覚めた。

　目が覚めても、了解!!　と私は思っていた。そしてベッドの頭のところの障子《しょうじ》をあけた。するとそこから一番近い木が一つだけ白い花をつけていた。夏椿だった。本物の夏椿だった。えっ、えっ、私、もしかしたらもうすぐ死ぬのかしらん。本物の夏椿まで咲いているのか、了解!!　いい気持ちだった。結構じゃないか。

　しかし、私は全然死なないのだ。日々飯を食い、糞をたれ、眠った。アライさんのところに野菜をもらいに行き、衿子さんちで夕食を招かれ、サトウ夫妻と佐久のジャスコの百円ショップに出かけ、呆けた母を見舞い、妹とけんかし、テレビを見てむかついた。むかつくと、年々むかつきかげんが仮借なくなっていくのがわかった。年寄りというものは十四歳の少年のようにむかついているのだろうか。むかつき度の濃くなっていくのは私だけだろうか。一人で暮らしている私は、気がつくと不機嫌なのだった。心配になって友達に電話した。「そんなの当たり前だよ、一人でニヤニヤしている人がいたら不気味じゃん。一人の時は人間は機嫌がいいわけがない」。そーか、一人でいる時は不機嫌が常態なのか。しかし私はうっすらと気づいていた。そう答えそうな気むずかしい友達をえらんで電話しているのだった。

そして、私は不機嫌なまま六十五歳になった。

母のこと、父のこと

一昨年の夏、九十三歳で母が死んだ。

死ぬまでの十年以上、痴呆だった。

正気の母親と私は、実に折り合いが悪く、母を好きだったことはなかった。

死んだ人は皆いい人である。

呆《ぼ》けるということは、生と死をつなぐ橋のようなものだと私は考えるようになり、母は別の人格の人になった。それを人格と言うかどうかわからないが、母が正気を失ってから、一生分の不仲と和解できた。

四歳の時、手を邪険にふりはらわれてから、私は生理的な嫌悪感を持ってしまった。中でも匂いが一番不快だった。

呆けた母の足をさわった時、さわれた自分に驚いた。母を嫌悪していた何十年もそれは自責となり、汚い川が胃袋の奥をずっと流れ続けていた。ナマものにさわるということがすごいことだとすれば、ふだん何でも無意識にさわっていることも本当はすごいことなのかも知れない。

『シズコさん』という本を書き終わったら、どっと疲れた。心底疲れた。

そして、私は幸せになった。

黒い川は消えた。母が死んだからか、私も老いたからか、自分の人生の帳尻を自分に都合よく合わせたからなのか、わからない。

読み直したら、同じことが何回も出て来た。でも訂正する根性がなかった。そしてにわかに、父のことばかり思い出すようになった。

もし、あの世というものがあったら、佐野利一とシズコさんはいったい何歳で相まみえたのか、聞いてみたい。もうすぐあの世で、我々家族は一族が全てもう一度同じメンバーで、再構成されるはずで、この世には誰もいなくなる。細々とつながる子孫は、父や母には見知らぬ人達である。

父の生まれたところは、前も後ろも、山がせまりその間に富士川が流れるところだった。

八十世帯くらいが山にへばりついている村落で、従姉は、武田信玄の落ち武者が住みついたところだと教えてくれた。

「すごいじゃん」と私が言うと、従姉は「落ち武者といっても侍のぞうり取りのそのまた家来なのよ、誰でもないんだよ」。私はぞうり取りに家来がいたということに感心したが、多分本当のことはわからない。

父はその百姓の家の十一人兄弟の七男だと思っていたし、書類なんかにもそう書いていた。この間ただ一人生きている叔父が、「おみゃあのおやじは七男じゃねえぞ、九男だったはずだ」、二人や三人は間引きでもしたのだろうか。

私達は引き揚げてしばらくその田舎に住んだが、私は子どもだったから、明日や未来のことなんかなんにも考えなかった。

小学校は身延線の駅を二つ行ったところだった。単線で線路の両側も山がせまっていて、山百合が両側にどっさり咲いていた。

ほたるが、庭に蚊よりもたくさんぼうぼう飛んでいた。

田んぼで草取りをすると蛭《ひる》が七匹や八匹かならず吸いついていた。

母は田舎と田舎者が大嫌いだった。

だから、父の血すじの人達が大嫌いで、一人一人を人間として吟味したり知ろうとなどせず、一かたまりの田舎者で片づけていた。

私には、大人になった今も面白い村だと思える。村中の人が深沢七郎かと思うほど、まるで石をなげるような言葉をぶっつけ合っていた。

よたよたのばあさんが、石垣にへばりついて、一日中立っていたりする。そこへ私と同じ年の八歳のいとこのあっちゃんが通りかかると、あっちゃんは「ひゃあ、ばあちゃん、死ぬの忘れただか」と呼びかけたりする。

戦後しばらくは、母は姑《しゆうとめ》にいじめられたと、泪《なみだ》をふきながら友達に話していたが、今思うと、姑の方がずっと母をうさんくさく思っていただろう。

母の姑は、畑で一日中泥にまみれて働き、一時も休んでいることがなかった。お茶の時間に縁側に伯母がお茶を用意して待っているとわざとのように前後にこえおけをかついで、何度も行ったり来たりする。意地も結構悪かったのだろう。

縁側に座っている母は、ばっちり化粧している。そこにはほんの三、四カ月しかいなかったが、姑にいじめられたと、何十年も根にもっていた。母は父の田舎に行くのを、本当に嫌がった。

母は父を尊敬していたと思うが、母にとって、父が田舎者だということが大変な弱点だと考えていたのだろう。

母は本当に平凡な人だった。しかし、父は、底に狂気を持っているような非凡と言える人だったかも知れない。

平凡などこにでもいるような母の一生はしかし、日本の運命と共にもみくちゃにされながら、実によく生きたと思う。

日本中のどこにでもいる女が、同じようによく生きたと思う。

いざという時に、その働きをよくするのは平凡な小母《おば》さんとやくざだと私は考えている。

（しかし今の小母さんは変になって来ている。やくざも株式会社になってしまったので、あまり確信は持てない）

父と母はよい夫婦だったと思う。そして、よく父と母の役割を果したと思う。

こんなこと言ったら袋だたきになると思うが、何でも平等というものは、いかがなものだろうと思う。

もし、父の時代、貧乏百姓が女もふくめて十一人で、あの田畑を十一個に分けたらどうなったであろうか。

長男は嫌でも家業をつぐものであったから、権利と同時に覚悟もしていたであろう。また長男の責任というものも持たざるを得なかったと思う。

ごろごろいるその他の男は、子どもの時から自分で身を立てることを考えなくてはならないというのも悪くはないだろう。

女は嫁に行くと決まっていたから、姑や小姑にいびられても、泣いて我慢すればやがては、次の嫁にそのあだ討ちをと手ぐすねひいて待っていたかも知れず、かしこい姑は、自分の苦労は、同じ女というものにさせまいとしたかも知れず、しかし、かしこくたって、母親というものは、何たって息子が可愛《かわ》いのは今も昔も変わりなかったと思う。

いずれにしても忍耐するということは当たり前だったのである。

忍耐というものは悪いものではない。

耐え忍んでいたら、少しの苦労でも切れたりはしないだろう。

父が高等小学校を出て、自分の家の屋根を直していた時、東京に出て保険会社に勤めていた次兄が帰省して、家の玄関で父に向かって、「お前、来るか」と声をかけた。

父は、そのまま屋根から降りて、次兄について家を出て行った。ふとん一枚も持って行かなかったそうである。

そして同じ村から出て来た弁護士の家の書生になったそうだが、よくわからない。大学の時は、次兄の家に居候《いそうろう》していたらしく、いとこの民枝ちゃんに、大きくなったらピアノを買ってやると約束したと言うが、今でも、民枝ちゃんは、「利一叔父さんはピアノを買ってくれなかった」と言っている。子どもをだましちゃいけないよ、父さん。

高等学校の時は寮に入っていたようだが、学費は誰が出したのかわからないと伯父が言っていた。

そしてその頃中学の時か、高等学校の時か、肺病になって田舎に帰って寝ていたら、背が十一センチも伸びたそうである。

伯父はもう郵便局に勤めていて、父の学費にずい分まとまった金を出したと父が死んでずっとずっとあと、私が大人になってから聞いた。

伯父に言わせると十一人の兄弟姉妹は、善人と悪人が分かれているそうである。長兄は悪人で、長女も意地悪く、父を田舎から連れて行った次兄も根性が悪かったそうである。父も善人ではなかったと言う。実家が見える近くに嫁に行った次女は仏のような人だった。あっちゃんのお母さんである。本当にあっちゃんのお母さんは優しかった。

あっちゃんのお父さんは、役場につとめていたが、時々今の登校拒否みたいに一カ月も押し入れに入ってしまったそうである。そして畑で働いているあっちゃんのお母さんを田んぼに埋めたりしたと聞いた時は私はびっくりした。

「うそでしょう」私はあっちゃんに言った。

「本当だよう」「そいで、叔母さんどうしたの」「だまあって、風呂で体洗っていただよう。そいで、ぐちなんかきいたこともないだよ。でもだまあって、いつもひざをさすっていただが、あれは我慢していたしるしだと思う。いつもひざを両手でさすっていたもん」。

あっちゃんちには、めくらのおばあさんと三十五歳で隠居したおじいさんがいて、とても苦労した。村中が、あっちゃんのお母さんが苦労してることを知っていた。

三十五で隠居したおじいさんは私が知った時は中国の学者みたいに白いひげをたらしていて、本当に村一番のインテリだった。あっちゃんちの白いお倉を書斎にしていて、和《わ》綴《とじ》の本を積み上げて、いつも勉強していた。あっちゃんは宿題を全部じいさんにやらせていた。

自分の宿題をやらせながら、あっちゃんはじいさんの白いひげを三つ編にあんで、その先を赤い毛糸でリボンにむすんで、ゲラゲラ笑っていた。

あっちゃんの家は、村の一番上にあって、三百年もたったものすごい太い松があった。そのためあっちゃんちは日あたりが悪かったが、じいさんは絶対にその木を切らせなかったので、あっちゃんのお父さんとじいさんは松を切る切らないで、松の木の下でとっくみ合いのけんかをすると言っていた。

あっちゃんの家は先祖代々じいさんと息子が仲が悪い伝統があるそうで、あっちゃんの一番上の兄さんとお父さんは仲が悪いと言っていた。それは何代も続く決まりなのだった。そして皆松の木の下でとっくみ合いのけんかをすると言っていた。

今思うとあっちゃんは仏のようなお母さんと同じに善い人で、私は根性が悪い奴だと思う。性質は一生変わらないので、人の性質が呼び寄せた人生になる。

もう何十年もたってから、あっちゃんが言っていた。

「いや、私困っちまったよう、上の子が、ハワイに連れてってくれるって。そしたら下の子が香港につれていってくれるってのと同じ日だよう。どうしたらいいだか」。あっちゃんは子どもを叱ったことが一度もない。どうして叱らないでいられるのだろう。

「だって、叱るようなことなんもしないで」。

あっちゃんは、電気製品も買ったことがないそうである。「気がついたら、掃除機が新しくなっているだよ、なーんでも気がついたら新しくなっているだよ」。

あっちゃんは牛乳屋に嫁に行って何十年も四時起きして働いていた。

母さんの苦労を子どもは見て知っているのだ。

私はつくづく体を動かしてこそ労働だとわかった。

わたしの机の前の労働はわかりにくく、子どもに恩を売れない。

恩を売れなくて当然と思う。あってもなくてもよい職業だからである。

私も可哀そうだが、背広を着て会社に行くお父さん達も可哀そうである。子どもは親の仕事が見えない。

そして母さんは目に見える労働が嫌いだったのだ。

百姓もトーフ屋も嫌いだったのだ。

父さんには一くれの土がなくても、あっちゃん達が育った山のせまった小さな村がふるさとだったのだ。

母さんにはふるさとがない。東京で生まれ育ってもしょっちゅう引っ越しをしていて、ずい分悲惨な家族の中で育っている。その上田舎の貧しさと違う貧しさだったと思う。

母さんが見栄っぱりの嘘《うそ》つきになったのも仕方ないと思う。

そして負けん気の向上心で、どうにか、こうにか、あがいた一生だったと思う。

母さんは下町のドブ板をまたいで、モガになった。モガにならなければ、どうにも生まれを背おわなくっちゃならなかったのだと思う。

モガになって銀座に職を求め、東大出の集まる所につき進んでいった。その母さんと父さんは結婚した。

母さんの母さんは四人の子どもを捨てて、他の男に走り、四人の子どものうち二人が精薄だった。そして一緒になった男との間にまた四人の子どもを作り、そのうち二人はまたも知恵遅れなのだった。

母さんにとって肉親は脱いで捨てたい着物だったのかも知れない。

どこに生まれるか人は選べない。

それが一番大きな運命である。

そして持って生まれた性質の核は変えられない。それがもっと大きな宿命なのかも知れない。

母さんはよく生きたと思う。

父さんの故郷は自然と共にあった。母さんはふるさとを持たない人だったのだろう。

母さんは父さんの田舎の自然になど、何の感慨も持たなかった。日本の田舎はどこも母さんにとって美しい場所ではなかったと思う。

母さんが感動した田舎はスイスの山の中のアルプスの少女ハイジが育ったような、絵の中の景色だった。

母さんにとって真実はどうでもいいことだったように思う。

真実よりもどう見えるかということの方が大事だった。

そしてそれは母さんの生きる大きな力の源だったと思う。

夫婦げんかは毎日していたが、母さんは本気で離婚する気はなかった。

ただの小母さんが四人の子どもを育てるのは不可能だとわかっていたし、父さんの妻で一生終えること以外は考えていなかったと思う。

しかし父さんが死んだら、やおら立ち上がって、四人の子どもを全部学校につっこんだ。

しかし、私達子どもは早く母さんの所を出たくて、必死で勉強したのかも知れない。妹が言っていた。「母さんと一緒に住める人はいないと思う」。

男と女は本当にわからない。

父さんと母さんはいい夫婦だったと思う。相手が女でなく男だったからかも知れない。

父と母を見ていたから、私はもっとよい妻になり、もっとよい母になると生きた標本のように考えていた。

しかし私は二度も離婚した。

母さんは死に別れであり、私は生き別れである。生き別れより死に別れの方が世間体《せけんてい》は良いと思う。

父さんはふるさとがあり、母さんにふるさとはない。

私もふるさとがないが、私には幼年時代を過ごしたところがふるさとになった。

中国の北京《ぺきん》が、それも四合院《しごういん》の庭が、私のふるさとだと思える。

そして父の田舎に行くと、もう知っている人は誰もいないが、目の前にせまる山と富士川が父のふるさとを引きつぐようにと、声もなく、私に言うような気もする。

〔仕事が嫌いだと〕

仕事が嫌いだと私はずっと言っているらしい。

トト子さんに叱られた。トト子さんは仕事が道楽と思うほど大好きだそうだ。

「洋子さんは好きなのよ。だって、ずっとやって来たじゃない」「私は食うためにやって来たのよ、すっごく貧乏だったから」「今は貧乏じゃないでしょ」「まあまあだよ、まあまあでもね、注文がなくなると、あせるんだよね」「ほーら。だから、どうせやるなら嫌いだって言わない方がいい」

ハイ。でも、私は嫌いだけどなあ。何が幸せというと一日中ソファーに寝っころがってテレビかビデオを見ているのがしみじみほーんとに好きで、誰もいない家で、「相棒」なんか見ている最中に、その幸せに気が付くとゲラゲラ笑い出してしまい、あゝ一人暮らしはやめられないよと思う。しかしゲラゲラ笑っている最中にも、私はなまけ者だと、胸がザラザラする。普通は六十で定年だ。私は七十である。それにもうすぐ死ぬ。元気に生きている人は、いつかは死ぬが今ではないと思っている。

もうすぐ死ぬと思うと、やる気など、からっきしなくなる。

仕事だけではない、この世のあらゆるものにやる気がなくなる。

でも生きていて、何もやることがないと退屈である。

余命を色男の医者に宣告されたというより、宣告するようにおどしをかけたのかもしれないが、その時は、死に直面していくのを残り時間の全てをかけて考えようと思った。

しかし、そんなことはできなかった。墓を買ったり寺を決めたりしたが、生きているとつい忘れてしまうのだ。死ぬことを。

それで、びっこひきひき、私はキョロキョロして、あ、ちんちょう花《げ》が咲いた、とか、今日は寒くて外に出るのはやめようとか、ふらふら寄った洋服屋で、スカートを買ったりする。もう洋服なんか買っても無駄なのになあ。

なら、「飛ぶ鳥あとを濁さず」と言う通り、身の回りをきれいにすればよいと思うかもしれないが、全然やる気になれない。交通事故で死ぬ人も、上から窓が落っこってきて死ぬ人もいるもんなあ。

息子にきいた。「あんた仕事好き?」「オレ嫌いじゃないよ」へー。

作家の藤沢周《ふじさわしゅう》さんにきいた。「仕事好きですか」。藤沢さんは今までのトーンより3《スリー》トーンくらい強い声で「嫌いですよ!!」

その時、心の中にパーッと強い光が射すように好《い》い気分になった。

人は色々である。

そう、人は色々である。

私は、自分で望んだのにもかかわらず、宣告なんかしない方がいいのではないかと思うようになった。

しかし医学の進歩は、朝と夕方では違うほどらしい。

骨に転移しているので、骨のための点滴と、何のためだかわからないハーセプチンという薬を点滴してもらうために、週一度、病院に行く。色男の先生を見に行きたいだけである。

先日、先生が何か注射してくれたら、頭が一日で、ツルッパゲになってしまった。

お寺の坊主よりツルッパゲで、お寺の坊主は毛根があるから青かったりするが、私は毛根もないのである。

帽子を買ったり、もらったりしたが、私は帽子が似合わない。

ので、家の中にいる時はツルッパゲのまんまにした。ツルッパゲになってわかったが、私は頭の形がいいのである。

そして、ツルッパゲになった私を見ると、私は初めて、「私」そのものになった気がした。

一生嘘《うそ》をつかなかった人はこんな形の心を持っているのだろうか。

そして気が付いた、私は顔だけブスなのだ。若い時、私は自分の手と足にほれぼれしていた。全体から見ると顔の面積などいくらでもないのだが、女は顔が命なのは七十年間じっくり味わった。

私は利口ではないが、すごく馬鹿というわけでもないと思っていた。しかし、私は今度生まれたら「バカな美人」になりたい。この間、鏡で顔を見て、「あんた、その顔でずっと生きてきたんだね、健気《けなげ》だったね、偉かったね」と言ったら涙が出て来た。自分の健気さに。

死んで棺桶に入ったら、棺桶の小窓から、死んだこの顔を皆見るのかと思うと気が滅入る。

しかし、私はちょうちんあんこうではないので、目が自分の顔の前でぶらぶらして自分の顔を見なくてすむ。だから、自分の器量の悪さをつい忘れてしまうのだ。

つい忘れて、言いたいことを言いたいようにほざいている。

骨が痛くて、寝っころがっているのに、私の口は実に元気である。元気の上に達者である。それに声がでかい。

「洋子さん死なないよ」初めは劇的に優しかった友達が言いだし、そのうち「あんたが一番長生きするよ」と同情のかけらさえも示さなくなった。

声がでかいのをほめてくれたのは謡《うたい》の先生だけだった。

「声だけは生まれつきなの。宝物と思いなさい」

いつか息子の友達と何人かで歌をうたった。一発目の声を出したら、隣に座っていた女の子がぴょんと一メートルくらい横にとびのいた。

それでもいい気持ちでうたっていたら「おふくろ、腹から声を出すな!!」と叱られた。

えー、歌って腹から声を出すもんじゃないの。で、私は歌を忘れたカナリアになった。

「立派に死のう」と思うようになった。

立派って何だかわからない。

『戦国武将の死生観』という本を読んだら、実に名を惜しむのである。思いっきりがよく、恥をおそれて腹を切る。誰も「命は地球より重い」なんて言わない。私も侍のように死にたいと思った。

それって、この民主主義の世の中でどのように死ぬことなのだろう。

「関ヶ原」に、麻酔を持った医者が同行していたとは思えない。

戦場のうめき声はすごかっただろうと思う。

父は毎夕食の時に、何を言っても理解できない小さい子供に訓辞をたれた。

「人間は小指の曲がりを直すために千里の道を行く。根性を直す人が隣にいても行かない」というのがあった。幼いながら、ひねくれていた私は、「根性が悪い人は自分の根性の悪さに気が付かないから根性が悪いのではないか」と思った。

人は皆、自分だけは善人と思っているのではないだろうか。

自分の悪に気が付いているのは傑物《けつぶつ》だと思う。

「金と命は惜しむな」というのもあった。

父は貧乏だったので、惜しむ金もなかったから言えたのだろうか。

「死にたくない」と言う人を軽蔑していた。

二年間、やせおとろえて、ほとんど布団が平らに見えていたが、じっと天井を見上げて、静かに静かに死んだ。

死ぬ三日くらい前、四人の育ち上がらない子供を並べた。そして一人一人をじぃーっと見て、そのじぃーっとの時間が長くて、子供は皆下を向いていた。

死生観など流行である。

医者がまた何だかわからないツルッパゲになった薬をもう一回打つ時、私は「何のための薬ですか」ときいたら、「そうだね、佐野さんは延命しないでいいって言ってたね。僕は佐野さんはもっと生きていて欲しい」

私はポーッといい気持ちになった。息子と同じくらいの若いいい男がこんなこと言ってくれる。一瞬この医者のために長生きしようかと思った。

「わかりました。止《や》めましょう」

よーし、この医者のためにも立派に死んでやろう。

しかし立派な死に方がどういうものなのか今もわからない。

私は極め付きのミーハーである。

ジュリーのコンサートに行った。

五時間、八十一曲歌う。痛いのが我慢できなかったら途中で出て来ようと思ったが、私は最後までいた。ジュリーは六十歳だったが、そして肥えて、昔の退廃的美青年ではなくなっていたけど、始めから終わりまで八十一曲をおとろえない声で歌った。プロだなあ。感動した。そして、素晴らしく幸せだった。

しかし客はほとんどが高老年のおばさんばかりである。こんな私たちのために、力のかぎりを尽くしてくれる。生きていてよかったなあ。今、思い出しても幸せである。

ずっと前きいたことがある。ガンで激痛の走るおじさんが、痛くなると「女の花道」という歌をかけさせた。三分間は痛さを忘れたそうだ。

モーツァルトを聴いて痛みを忘れる人もいるだろう。

浪花節の人もいるかもしれない。

私は、最後はジュリーの「きめてやる今夜」にしてもらいたい。

今、ジュリーのように、けだるく退廃的な美青年はいない。もっとやたらに明るい。

何であんなに明るいのだろう。

前は文学に若い才能が集中していた。暗かった。その次はマンガに集中した。明るいのも暗いのも色々あった。今はお笑いに集中している。

このことで私は世情を分析することはできない。評論家は色々分析するが、評論が一番うさんくさい。私はそういう脳にできていない。私は「えっ、うそー、本当？」というのが一番の驚きの表現である。

だからジュリーも「えっ、嘘、本当？」だったに違いない。

私は何にでも驚きたいのだ。

今、私が驚いているのは、「踊る大捜査線」に出て来る柳葉敏郎が歯をくいしばって額に青すじを立て続けていることである。奥歯がすり切れるのではないかと、ずっとずっと気になっている。

もうすぐ死ぬっていうのに、こんな人生でよいのだろうか。

私は本当にミーハーだった。

ベルリンで四十年前、カラヤンが最盛期だった時のニューイヤーコンサートというのに連れていってもらった。連れていってくれた人がマスコミ関係者だったので一番いい席だったが、私は眠くて仕方なかった。

しかし、私はカラヤンの男振りに驚いた。いい男が色々動く形に、へー本当、ウソーッと思った。

「私、カラヤン行ったよ」と、ミーハーじゃない人に言うと羨《うらや》ましがられる。私は羨ましがらせるためだけに言っている。

私の中ではカラヤンよりジュリーが格が高い。

私はいつ世間体《せけんてい》というものを捨てたのだろう。と言うより、子供の時から世間はなかったみたいなのである。

人に嫌われているだろうなあ。

私はお世辞が言えない。口がくさるようなのだ。だから私がほめたら、真実本当です。

私は今が生涯で一番幸せだと思う。

七十歳は、死ぬにはちょうど良い年齢である。

思い残すことは何もない。これだけはやらなければなどという仕事は嫌いだから当然ない。幼い子供がいるわけでもない。

死ぬ時、苦しくないようにホスピスも予約してある。

家の中がとっちらかっているが、好きにしてくれい。

あの世などあると思わないが、もしあって親父がいたら、私は親父より二十も年上なので、対応に困ると思う。

すっげえ貧乏をした。私が学んだことは、全て貧乏からだった。
金持ちは金を自慢するが、貧乏人は貧乏を自慢する。
皆自慢しなければ生きていけないんだな。
夕食の時の訓辞にもう一つあった。
「一番大事なものは金で買えない」
私にとって一番大事なものは何だったのだろう。
「情」というものだったような気がする。

〔私が愛する人は皆〕

私が愛する人は皆、死人である。私は知りたい。死んでも憎みたい人が、これから先出て来るだろうか。あの嫌な奴も死ねば許せるだろうか。

私も死ねば「いい人だったね」と皆思ってくれるのだろうか。

死んだらそれも自分にはわからないのだから、つまらない。

私は二度も離婚したから、たぶん人をとことん愛せないのだろうと思っていたら、一生愛せた人が二週間くらい前に現れた。それは死人であった。死んでから十年くらいたっていた。どのように現れたかというと、その人が二十センチくらいの茶色い木の箱に入って小さな人になってすうっーと出て来て、それからいつもすーっ、すうっーと、どこへでも来てくれる。

しかしその人が生きている間、私は気がつかなかった。

二つくらい年下の父の友人の子供で、私が初めてその子供を見た時、彼はハイハイをしていて下半身つるつるの裸体だった。それから、ずっと絶えることなく友達だった。

五十五歳でサンフランシスコでゴルフ中に倒れるまで、一番古い友人だった。

死ぬ一週間ほど前にカリフォルニアの黒っぽい苺《いちご》を航空便で送ってくれた。八百屋には日本の苺より安く売っていた。私はアハハと笑った。

孔《こう》ちゃんはうちでは汚いコーチャンと言われるほど身だしなみがずるずるしていて、時々東京から、ぬうっと一人で遊びに来た。来ると腹をすかしていて、昨日の家のカレーライスを鍋ごと股にはさんで、熊みたいにかっこんでいた。

母は孔ちゃんが大好きで、男らしくて大物になると信じて、うちの三人の娘のどれかを嫁にもらってくれないかと、少なくとも十回以上言っていた。


ニコニコ堂が来た。ニコニコ堂は玄関に入って来た時から死人が風に吹かれて戸の隙間から人魂《ひとだま》みたいにうすーくなってすけて見えるように立っている。そしてハァハァと息を絶え絶えにしながら、鼻をすすっている。

足音がしないのは、体重が足音をたてるには少なすぎるのだと思う。

そしてソファーに倒れ込むと「ちょっと失礼」と言って、長い足をダランと椅子の肘《ひじ》掛《か》けにたらして、ハァハァと真っ白な顔の中の目をつぶって胸で両手を合わせているから、まるで死人である。

ニコニコ堂は一応古道具屋なので、時々、皿を頼んだり茶碗を頼んだりする。姫鏡台を頼んでいたから胸に抱いて来たはずだけど、すぐ死人になってしまうので私はしばらく思い出せなかった。

　うちに来ると、来るだけで精力をつかい果たして帰れなくなるので泊まって行くが、死人だから平気である。

　私は、元気はつらつとしたニコニコ堂は一度も知らない。

　死んでるニコニコ堂に、あなたは子供の時からそんなだったのかと今日きいた。

「そう」死んだまま答え、「体育の時間はいつも立って見ていた。いつも僕のほかに一人は仲間がいて、皆が運動しているのを二人とも正面を向いたまま会話していた」なぜか顔は合わせないのだそうだ。

「それが全国のきまりだと思う」と死人は答えた。

　そして死んだまま、五分おきに携帯を見ている。死人にしてはまめである。

　戻って来るべきメールが来ない様子であるが、五分おきというのはしつこい。

　もう一つのソファーには私が寝ている。私のソファーの方が大きくて、毛布とうすい布団と、その中に電気あんかが入っている。

　私はもうすぐ死ぬはずだからである。

　ニコニコ堂は死んだまま「アノネ、僕、性欲はあるけど精力がないの」とずーっとずーっと言っていた。男でないから私はわからないが、あんまりずーっと言っているので

「はっきりせい、要するに、やりたいのに立たないってことなの？」ときいたら、「そう、でも、それも微妙に何ていうか、ほらマンゴーをむいてうすくスライスしたみたいに違う」

難しいのであるが、私にはわからない。そういうのは、人間にはパンダの気持ちとか飛んでいるすずめの気持ちとかがわからないのと同じようにわからない。だいたいパンダやすずめに気持ちがあるかどうかわからない。

血圧はないそうである。ニコニコ堂が風邪か何かで病院に行ったら、安静にさせられて、「ご家族をすぐ呼んでください」と言われた。奥さんが来たら、ニコニコ堂を見て、「ったくもう」という顔して機嫌が悪かった。「僕いつもと同じだから」

「そうやって生きているってどういう按配《あんばい》なの？」ときいたら、「海で、水の表面が鼻の下一センチくらいのところに浮いているみたい。それでも足で立ち泳ぎヘロヘロしていないと鼻から水が入ってくるみたいネ」

ずいぶんこわい人生ではないか。私なら一思いに潜って死んだ方が楽なような気がする。

そして精力と性欲の間に、「佐野さん、死ぬのこわくないの？」と何度もきく。

「えー、ニコニコ堂はこわいの？」「こわい」「えー、生きてる方がずっと疲れるし、めんどくさいじゃん」「めんどくさくても、死ぬのはこわい」どうもニコニコ堂はあの世があると思っているらしい。

「佐野さん先に行ったら、僕の座るところなんかちゃんと用意しておいてネ」

死んでも、寝ころびたいのであろうか。

「いい場所がいいな。海が見えて、そばに岩があって、波うちぎわ。海がきらきら光るところ。いやあ、ずっと菜の花が一面咲いているところ歩くのもいいな」この世にあるではないか。

「わかった。メールするよ」「お願いします」

死ぬことが間近になったら、死んだらお金はかからないということに気がついた。

部屋をぐるりと見わたすと、全部買ったものばかりである。茶碗から箪笥《たんす》、横に壁が見えたから家も買ったのである。

もらった花が不思議なバラ色をして暗く咲いているが、これもくれた人が買ったのである。私はぎょっとした。私は金のためにずーっと働いていたのだ。

すべての時代貧乏で、コロッケ一ケを半分ずつ食べたが、コロッケも五円だった。買いに行く時はいていたつっかけも買ったのだ。

私は一生どれくらい金をつかい稼いだのだろうと思うと、当たり前のことは不気味でうす気味悪いことだった。

私の周りの人も皆働いているが、趣味でお金はいりません、と働いている人はいない。

私は自由業で年金がないから、九十まで生きたらどうしようと思ってチビチビ貯金をしていた。国民年金もないのである。十年くらい前、社会保険庁に行って、けんかをして、「そんなものいらんわ」とけつをまくっちゃったのである。けつをまくったわけは、窓口の男がくさっていたからである。あゝ窓口がくさっているってことは、この組織全体がくさっているとわかった。私は卒業した時から自由業だったから、国民年金は払っていたのである。

窓口の男は、私が領収書を一枚持っていったら、二十年前の分全部領収書を持って来いと言う。二十年分はコンピューターに入っているが、それ以前のは領収書を持って来なくちゃだめだと言った。

(その時、そちらにも控えがあるはずだと何で言わなかったのか、自分でもわからない)

そしてその男は言ったのだ。明らかにバカにした態度で腰をひねって、そこに腕を置き「全部もらったって、たいしたことないよ」

私は許さない。お前は公務員だから何十万ももらうのだろう。それは私らが納めた税金だろが。

そして今の騒ぎである。ホラネ、あの時からそれ以前から、くさっていたのだよ。

浮いた年金の中に私のも浮いていると思うと、社会に参加している気がして晴れがましい。

チビチビ貯金も死ねばいらないのである。

ガンが再発して骨に転移した時、お医者は、死ぬまでに治療費と終末介護代含めて一千万円くらいだろうと言ってくれた。

ほぼ七十歳くらいで、私は金がかからなくなるはずである。

私は抗ガン剤は拒否した。あの全く死んだと同じくらい気分の悪い一年は、そのために一年延命しても、気分の悪い一年の方が苦しいのである。もったいない。そうでなくても老人につき進むのは身障者につき進むことである。

七十前後はちょうどよい年齢である。まだ何とか働け、まだ何とか自分で自分の始末はできる。

私はとてもいい子で生きて来たにちがいない。神様も仏様もいるのである。そしてちゃんと私に目を留めてくれたのだ。

私はだらしなく、やるべきことをずるずるのばし、整理整頓が下手で、考えると頭の中の整理整頓が私の部屋のように散らかしっ放しだということがわかった。

父がよくどなっていた。「お前は、みそとくそと一緒か!!」

はい父ちゃん、私はみそとくそが一緒です。

それから父は夕飯の時、かならず訓辞をたれた。

「命と金は惜しむな」

父は命も惜しまず早死にして、母ちゃんは大変だった。

惜しむ金もないまま死んだ父はやっぱり、かわいそうである。

私は死んだ子を持ったことがないが、よくおいしいものを食べた母親が、あの子に食べさせたいと思って泪《なみだ》が出るときくが、私は（今や何でもありの世の中になって）おいしいものを食べると、あゝ父に食べさせたいと思う。

親が早く死ぬのも悪いことばかりではない。のびのび自由になれるのである。父が長生きしたら、今の自分があるかどうかわからない。私は大いなるファザコンである。死んだから、ファザコンは肥大するばかりである。だから私は命を惜しまない。金も惜しまない。

私は再発の告知を受けた日、病院の帰りに、家の近くの車屋に行った。

私は国粋主義者だから、絶対に外車に乗らなかった。中古の外車を買う奴が一番嫌だった。

その車屋は外車屋だった。イングリッシュグリーンのジャガーがあった。私はそれを指さし、「それ下さい」と言って買った。

私は右翼の国粋主義者でも、イングリッシュグリーンのジャガーが一番美しいとずっと表面には出さずに思っていた。

私の最後の物欲だった。

根が貧乏性の私は物欲がないのである。

食欲もないのである。

性欲もないのである。

もう物をふやしても困るのである。

もう男もこりごりである。七十でこりごりと言うと笑われる。今からお前、男つくれるのか？　はい、つくれません。

私はガンになっても驚かなかった。

二人に一人はガンである。

ガンだけ威張るな。もっと大変な病気はたくさんある。リューマチとか、進行性筋萎縮症とか、人工透析をずっとずっとやらねばならぬ病気とか。

ガンは治る場合も大変多い。治らなければ死ねるのである。皆に優しくされながら。

私はウツ病と自律神経失調症の方がずっと苦しくつらかった。

ウツ病は朝から死にたいが、死んではいけない病気である。自殺は周りに迷惑をかける。私は息子がいなかったら、ウツ病で死んでいたと思う。親が自殺した子供にしたくなかった。あの時は子供に命を助けてもらった。

それに頭の病気は差別される。

だんだん人が散ってゆく。散ってゆくような症状が出るから当然である。

私はガンの人には同情できないが、神経系統の病気の人には心優しくなる。

ガンの人も性質によって反応が全然違う。腫瘍《しゅよう》マーカーが上がったの下がったの、そればかり一喜一憂する人がいるが、私が再発した時はそれがかなり高かったがいくつだかすぐ忘れた。そして全然気にならなかった。

そしたら次に測った時、通常人と同じになっていた。だが通常人と違うのは、やっぱりガンなのである。

私の再発箇所は左大腿部の付け根であったので、そこが痛い。

ガンになってすぐすっぱり煙草をやめる人がいるが、私は相変わらず、一日中スパスパ、人に本数を言えないほどエントツ状態である。

足が痛いので、初めはタクシーに乗っていた。病院に行くと点滴をする。月一回は二本する。四時間くらいかかるが、もちろん当然病院は禁煙だし、日本中あらゆるところが禁煙になったので、煙草をやめない人は人格を疑われるようになった。唯一タクシーは煙草が吸える空間だったから、私は点滴が終わると、何だか心理的にハァハァゼイゼイタクシーにかけこんで、ライターをにぎりしめた。

それが今年の一月から禁煙になった。

また神は私をご覧遊ばしていた。

私は左足が痛いが、右足は痛くない。今、車は右足しか用がないのである。

そうだ、自分で運転すればいいのだ。

それから、私は自分でジャガーを運転してエントツに戻ることができた。

おまけにタクシー代が節約できた。

私は一生のほとんどを地球と平行に生きて来た。寝っころがって本を読むか、テレビを見るか、借りて来たビデオを見ている。

私はベッドをテレビの真ん前に置いて、四十二インチのテレビを堂々と見ることができる。

誰もいないのに、私は布団をあごの下までひっぱり上げて、「あゝ、幸せだなあ」と日に何度も言っていた。足が痛いんだからね、ガンだもんネ。テレビもっと大きいのにすればよかった。

すると息子が嫁と一緒にやって来て、ベッドを二階に持ち去った。

「少しは歩かないと、筋肉がおとろえて骨に負担がかかるだろ!!」

「だって、幸せなんだもの」

「誰だって、そんなことできれば幸せだよ」私と息子は果てしない口げんかを始めた。口数の少ない嫁が、「ちょっと待って、二人は同じこと言って堂々めぐりをしているからー、下にベッドを置くなら洋子さんは一日何分か決めて散歩をする。ネ」

「どこを、どれくらい?」「ウーン、教会通りをこっちから入って、青《お》梅《うめ》街道から帰って来る」

しかし私は考えた。私は散歩が昔から大嫌いだった。それに雨の日も風の日もある。これは、ベッドを二階に持っていった方が楽勝だ。

「ウン、二階でいいよ」

それからソファーの長い方をテレビ観賞用に配置した。

私は闘病記が大嫌いだ。それからガンと壮絶な闘いをする人も大嫌いだ。ガリガリにやせて、現場で死ぬなら本望という人も大嫌いである。

小《お》田実《だまこと》が、私と同じ病院で死ぬ直前までカメラを病室に入れて、おのれの信念を語っていた。その中の映像に何年か前のルポが入っていて、彼は西ベルリンのブランデンブルク門の前に立っていた。壁が壊された直後、あるいはもっと後かもしれない。「見てください。ここも、こう壁でふさいじゃったんですよ」と門の真ん中で言っていた。

それは嘘《うそ》です。私は東西が分かれていた時ベルリンにいました。壁なんかありませんでした。門から両方とも二メートルくらい前に綱を張っていただけでした。

日曜日など時間を決めて、東西に分かれてしまった親戚なんかが大声を出して話をしていました。東の子供は赤い三角巾をして同じ言葉を話しているのが、私にはとてもとても胸をギーギーこするみたいな感じがして、目ん玉の表面にうすく水が張って来て、人間の観念はおそろしいと思いました。小田実の同じテレビを見ていた日本中の人が誤解すると困るから、私が訂正します。

あれから、私はいかなる思想も信じないことにした。目の前で見たもの、さわったものだけがたしかだとしか思えなくなった。

テレビのニュースも用心している。報道というものは、何によらず用心している。

それは私が自分で決めたことかどうか、わからない。ファザコンの私は、父が「活字は信じるな、人間は活字になると人の話より信用するからだ」と夕食の訓辞に何百回も言っていたからかもしれない。

死ぬのが全然こわくないのも、ファザコンなのかもしれない。

父が同僚の見舞いに行った。ガンだったのだろう。帰って来て、「あれはみっともないなあ、俺の顔を見て、先生、僕死にたくない死にたくないって泣いていた。あんな死に方はみっともないなあ」と母に言っているのを聞いてしまった。

死に方の美学というものがあったのだろうか。

その通りに父はアウシュビッツの囚人のように骨ばかりになって、昏睡状態に陥るまで壁をつたってトイレに行っていた。

そして、静かに、何も言わずに死んだ。

私が父の床《とこ》のそばで寝っころがって本を読んでいる時、ちらりと父の方を見ると、毅然として天井の一点を見ていた。何か言葉を言うより、父のわからぬ思いがわかり過ぎるようで、ぎょっとしたことが何度もあった。

それから父の目がだんだんすき通るガラス玉のようになり、黒目が茶色になった。

死ぬ瞬間、枕の上をのけぞり、ケッと一声出して死んだ。口が少しあいていた。

私と従兄《いとこ》が、死んでしまってあいたまま固まってしまう口にタオルをあてて、ギューギュー押しつぶすように一晩中押し込もうとした。大雨の大晦日《おおみそか》の二時頃だった。

だから父は元旦に死んだ。命日が覚えやすい日であった。

その日、不思議なことがあった。父の同僚が父の死ぬ二時間くらい前に雨にびっしょり濡れて玄関からとび込んで来た。

うちの犬はその同僚からもらった犬で白い紀州犬だったが、成犬になってもらった。とてもきれいでいかにも頭のよさそうな、たぶん家族の誰よりも上品な立ち居ふるまいの犬だった。大雨の中、そのうちの犬が元の飼い主の家に行って（歩いたら一時間くらい）、変な訴えるような声でクォーンクォーンといつまでも鳴いているので、同僚は父に異変が起きたとすぐ思い、自転車にとび乗って、びしょ濡れでうちの玄関にとび込んで来た。まだ父は死んでいなかったが、二時間後に死んだ。

〔ＭＲＩで〕

ＭＲＩで頭の中を調べると別に特に異常ではない。年齢相応に脳味噌が縮んでいるだけで、同じ年の隣の小母《おば》さんと同じである。

しかし、異常な物忘れである。来てくれるお手伝いさんの名前が思い出せない。友達が来てくれて彼女の名前を呼ぶまでわからない。一度思い出すと大丈夫だが、次の日は怪しい。日時曜日がほとんどおぼろで四月だか六月だかわからず、曜日など毎日月曜日でもそうかと思う。

拍車をかけるのが日々の生活で、毎日ソファーに伸びてデレーッとテレビを見ている。何日でも何曜日でもかまわない生活をしているからだと思う。

そしてふと過去をふり返ると（ふり返りたい過去など全くないほど嫌なことばかりであるのに）何が先に起こり何が後だったか、回想と現在が行ったり来たりする映画みたいである。

今日簞笥《たんす》をあけたら着物が一枚もない。誰かにあげたのだが誰だか思い出せない。昔から忘れっぽかったが、多分それは自分にとってどうでもいいことだったからで、それにしてもどうでもいいことが多すぎた一生だったと思う。

そして、強く思った。まるで生きていていてもいなくても同じ一生だった。

しかし、必死こいた一生だったはずである。あんなこともう二度とできないというようなことを歯を食いしばってやって来たこともたくさんあった。

でも今や、そういうことも鮮度が次第に落ちてぼんやりはるかである。

忘れないと人は生きてゆけない。

年月を経て生きて来ると記憶も膨大になるが、覚えていたら芥川龍之介のように若死しなくてはならない。私など三度くらい死ななくてはならない。幸い私は芥川ではない。神様ありがとうございます。

そういうわけで、私は自分で書いたものもへーいつ書いたんだっけと思うばかりである。

死んで閻魔《えんま》様に「名前は？」ときかれて「へっ、誰の？　私？　忘れました」と答えると思う。

どんどんわからなくなる

父の郷里は富士川のへりにへばりついている小さな集落だった。へばりついたやせた土地は山をけずって段々畑になっていた。

十里離れた村の小学校へ歩いて通った。夏になると上流にある小学校から下流にある家まで、富士川を泳いで帰った。

素裸になると着物をまるめて下級生に持たせ、着物をかかえた下級生は、川のへりの山道を川を泳いでいる上級生に合わせて、一心不乱に走らなくてはならなかった。

冬になると、上級生は下級生の羽織をぬがせて、竹を通し、それを風よけにして、羽織の後ろを歩いた。

これは父が夕食の時、酒を飲んで機嫌がよくなると、くり返し話した、子供時代の話である。父は上機嫌のまま「ひでえことをしたもんだ」と、その話をしめくくった。

子供の私は、気がついた時から父が大人であったから、父が子供だったということに、その度《たび》に驚いた。しかし、父が子供だった時の話をすると、私はある親近感を持ったが、目の前の大人の父を見ると、その親近感につけ込む手がかりを失うのだった。

しわもあり、のどぼとけもぐびぐび動く男が、十歳の時どんな顔をしていたのだろう。学校から帰るのに素裸で泳いで帰るのはすごく面白いことのように思われた。

素裸の子供の着物を持って、ひたひた一心不乱に走る下級生がいたためにそれは一層魅惑的だった。

羽織の旗を立てて山道を行進する子供の行列も何だか非常にうらやましかった。

「本当にあったかいの」私は何度も聞いた。「たいして変わりはないな。しかし、ぬがされる方は、ありゃあ寒かったな。羽織持ち上げている手が、下がって来ると、後ろの奴がけとばしやがって、ひでえことをしたもんだ」この話が魅力的なのは、子供の集団の中のおかしさと残忍さである。

「わたしは、目から鼻に抜けるような子供だったからね」それを証明するために母は同じ話を何度もした。

東京の下町の子供だった母は、ままごとをしている時、年かさの女の子に、側《そば》のお寺の庭にある菊の花を持って来いと命令された。お寺の庭にはお和尚さんが作っている菊の花が一本ずつ鉢に植わって一列に並んでいた。一つずつが子供の顔ほどの大きさだった。母はその中の一番大きな花に近づいた。「こんなにしだれちゃっているのよ」母がそれを折ったとたん、「こらあー」という怒声と一緒に後ろのえり首をつかまれた。

母はその時とっさに、「おしっこー」と叫んだ。和尚は一瞬手を離した。母は自分の顔ほどの菊の花をしっかりつかんで逃げ帰って来たのである。

私はその話を聞くたびに母ならやるだろうと思った。そして私は何となくわくわく嬉しくなるのであるが、四歳か五歳の母がどんな顔をしていたのか想像できなかった。

私は、自分にそれくらいの度胸と目から鼻へ抜ける機転を試されるチャンスが与えられないものだろうかと思うのであるが、目の前の母を見ると、母は本当に子供の時があったのだろうかとうたがわしいのだった。

私は、想像ができにくい菊の花をかっぱらった子供に共感できたが、目の前の大人の母を私は大人という異次元の人に思えた。私が魅了されたのは、子供のずる賢さと必死さである。

十一人兄弟の七男だった父は、高等小学校を出て、家を出た。父が家を出ても祖母も祖父も気にもとめなかった。水呑百姓は食べる口が少なくなることが先決だったのだ。間引きにするつもりだったと祖母が言ったと言う。半分死んで生まれついたので、放っておいても死ぬと思ったそうである。貧困という過酷な子供時代をくぐり抜けて父は生き続けた。

母の母親は四人の子供を置いて、男と一緒に家を出た。長女の母が十四歳だった。
母もまた過酷な子供時代を生き抜いた。
私が子供だった時、子供だった私が「子供」というものを理解していたわけではない。
私は夢中で子供を生きて来ただけである。

小学校一年の夏、大連《だいれん》で終戦を迎えた私は、今考えると、私もまたずい分過酷な子供時代を過ごして来たと、思う。

終戦後の一年半ほどは一日も学校へ行かなかった。両親はその日その日の食べ物を手に入れることが精一ぱいだった。

コーリャンとふすまと豆かすを食べていた。しかし、子供の時、私達はそれをつらいとか悲しいとか、もっとおいしいものを食べたいとか思わなかった。そういうものだと思っていた。経験がないから、想像力というものがないのである。明日の運命を不安に感じることもなかった。

日本へ引き揚げて行く家族が住んでいた部屋のあかりが次々に消えて、心細くはなったが、やがて自分達も日本へ帰って、さつまいもが山ほど食べられる日がすぐ来ると思っていた。

両親を失った子供達が、街で浮浪児になって、夜おそく、道に面した窓ガラスに顔をぴったりくっつけて、家の中をのぞき込んでいることがあった。その時、感じた心臓がちぢみ上がるような恐怖があの混乱の一年半の中で一番鮮烈であった。私はふとんの中で、窓ガラスに顔をくっつけていた十歳か十一歳くらいの子供を思い出すと、体が固くなって動かなくなった。

どこで寝るのだろう。この寒い暗い街の中でこわくはないのだろうか。たった一人で、くしゃくしゃの紙の中にどこからかもらって来たトウモロコシのパンを二個みせて、笑っていた。あれを食べちゃったらどうするのだろう。あの男の子が泣いているのではなく私達に向かって笑っていたことが私の心臓を固くした。

しかし、人間とは厚かましいほど自分勝手である。私は自分があの子と同じ運命に陥るとは考えないのである。私は兄があの子と同じになったらどうしよう、弟がそうなったらどうしようと思って、ふとんの中で泣いた。兄があの子と同じになった様子はすぐ目にうかぶ、自分の様子は思いうかばないのである。

しかし、あのガラス窓一枚をへだてていたものが、ほんとうにガラス窓一枚の「運」だけであったことに今恐怖におそわれる。

何故、あの子は雪の降った暗い街に立ち、何故私はストーブのある家の中にいられたのか。

そこで生きのびた五歳の弟は、日本へ帰ってすぐ死んだ。次の年には兄が死んだ。

何故、私でなく、弟が、兄が死んだのか。

私は、自分が生き続けるということに疑いを持っていなかったような気がする。兄もまた、生き続けると思いながら死んだのかも知れない。

窓ガラスの向こうの男の子が何を考えていたのか私にはわからない。紙に包んだパンを持って笑っていた男の子もまた、生き続けると思っていたのかも知れない。私にはわからない。

私は自分の子供を持った。

私は夢中で子供を育てた。夢中で育てても、私には子供のことはわからない。

私は子供に対して無力だったなあと思う。

私は、子供を持つようになって、わからないからたくさんの子供に関する本を読むようになった。教育論のようなものも、心理学のようなものもたくさん読んだ。そしてますますわからなくなった。

どんどんどんどんわからなくなる。

わからなくなりながら、私はどこかにしがみつきたいのである。

私は、未分化の混沌とした子供のエネルギーにしがみつきたいのである。

私は子供に対して無力であると感じれば感じるほど、しがみつきたいのである。

父が、貧困をくぐり抜け、母が捨てられた子供時代をくぐり抜けたエネルギーを、明日食べることができないことも考えないで、その日その日を夢中で生きた子供だった私の子供のエネルギーを信じたいのである。

「朝七時に起きるやろ。まず小学校一年生の妹を起こして、その子のごはんをつくってやる。お父さんもお母さんも四時半ぐらいに寝るから、朝、からだが起きひんのや。それからぼくもごはんたべて、学校にいくやろ。いそがしい。（略）

朝のごはんは、（略）冷蔵庫の中のぞいて、ありあわせでつくる。タマゴ焼きとか、和風にしよう思ったら、おみそ汁とか、カワハギを見つけ出して焼いたり、そこらへんにある野菜ひったくってきてサラダつくったりとかさ、（略）デザートもときどきつくる。ヨーグルトのなかにいろいろソース入れたり、ナシを切ったり……。

それでもチビさんたち、よう文句いうんや。上の妹の場合なんか、舌に合わへんいうたら、すぐべつのものにかえろいうんや。『バーロー！』ってどなってやるんやけどな、デザートがないのなんのって、もう！（略）

もう五歳からやってるからね。『この道百年のベテラン』やからね。フッフッフ。（略）あの子らがゴッツウいうたらいうほど、だんだんおいしくつくろうという工夫がでてきたんや（略）。

牛乳とか野菜とか、八年前の自転車でキコキコいいながら買物にいくの。（略）

どこに行っても『まいど！』って声かけられるの。『これ、えらい高いな。やめようかな』といったりしてな。（略）『ほかンところ行ってみたら、だいぶ安いよ』って――そういえばかならずや値引きしてくれることわかってるから。（略）ガッハッハ、楽な買物や！（略）

うん、自立したいんや。フッフッフ。どっかにマンション借りてさ、友だちと九時ごろまで宴会したりして……。（略）

けさな、あの子がヴァイオリン行くから、ぼくが迎えにいくいうたんや。でも、ぼくはいま、このアンケートみたいなのしてるやん？　そやのに、あの子はそれもわからんとブツブツガタガタいうやんか。そのときの状況もわかってへんから、よけい困るんや。（略）

ぼくが四歳ぐらいのとき、あの子、まだ一歳やろ。パンツぬいで、ちかくのドブにオシッコするんや。それをとめて、ひっぱってくるのがぼくのいちばんの最初の仕事やった。

ぼくな、いま仕事してるときは恋人のこと考えてる。フッフッフ。恋人もがんばってるから、自分もがんばろうかなと思ってさ。（略）

保育園のときからの友だちやけど、そんときはアントニオ猪木みたいなアゴがでっぱっててな。（略）あの人がいいへんかったら、ぼく、あまり仕事できひんかもしれん」

「お父さん、のったらくったらしてるんだって。だからね、お母さんが怒ってね、ビシュシュシュシューってね……わかる？　ホースよ。……ホースで水ぶっかけたの。（略）離婚したわけ。（略）私が『お母さん、ホースで水ぶっかけて、お父さん、追い出しちゃったんだよ』って友だちにいうと、『へーえ、つよいお母さんだねぇ』とか、みんないうの。（略）

いまは、私とお母さんの二人暮らしって、気楽だし最高にステキだよ。

私、お母さんには、めぐまれているのよ。（略）

結婚するまえは恋人でも、結婚しちゃってから、恋人でなくなっちゃうことだって、あるじゃない。私、恋人同士でなくなっても結婚しているのはヘンだと思うなあ……。

（略）

でも、結婚式とか、結婚届けとかって、本当に、いるものなのかなあ。（略）男の人と女の人がいっしょに暮らすことは、そんなに大騒ぎして、莫大なお金つかって、人にふれまわるようなことでも、ないよねー。

だって、べつに結婚式あげなくったって、赤ちゃんを産むことは、できるしねー。

（略）

けい子さんとは、生理のことや性の話もするのよ。でも、私が、そういう話をしよう

とすると『いやだー!』とか『いやらしい!』って女の子も、けっこういるんだよ。(略)

私は、女の子に生まれて、やっぱりよかったと思ってる。(略)私、〝女らしい〟とか、〝男らしい〟っていうのはきらいだなー。(略)女の子が、これこれこんなことをしちゃいけないっていう、きまりなんてないんだよね。(略)

うちのクラスの男の子がね、ときどきいうのよ。『女のくせに!』とかね。でもねー、一言だってそんなこといったら、もーう大変よ。(略)『なんだよ、女だからってナンだっていうんだよ! この、クソ』もう、男の子、とっちめちゃうよ。私だって、やっちゃうよ」

これは晶文社の百七十四人に対するインタヴューをまとめた本の中の二人である。いじめもあれば、教師の暴力もある。離婚した家庭もあれば、有名私立学校の子供もいる。登校拒否児童もいれば、在日韓国人の子供もいる。タイの象学校に行った子もいれば、サマーヒル・スクールに行った子供もいる。香水作りに夢中の子もいれば、女の子にいじめられている男の子もいる。

父親と一緒に漁師をやっている子供もいるし、十五歳で母になった子もいる。双子の子もいるし、目のみえない子、耳のきこえない子もいる。五人きょうだいの朝のトイレが戦争になる子もいる。嫌いな女の子につきまとわれて、ノイローゼ寸前の子もいる。ヘビをムシャムシャ食べちゃうサバイバルキャンプの子もいる。原宿を遊び場にしている子もいるし、山村留学して自然の中をかけ回っている子がいる。障害児を兄弟に持った子もいる。ツッパリの女の子もいれば、強姦をした男の子もいる。消防団に入っている子もいるし、お坊さんになろうとしている子もいる。

「聞いてよォ！　ひどいんだよ。ママったら、『今月はまだなってないみたいだけど、妊娠してんじゃないの？』っていうの。（略）

　もう毎月メンドクサイの。月経のことじゃなくて、ママにいちいちいわれたり聞かれたりするのが。ノイローゼになりそうだよ。ナプキンが減ってるとか、トイレのゴミ箱に入ってるとか、黙っててほしいのよね。あんまりいわれると、なぐりたくなっちゃうよ。（略）

　本当にやだよ。早くくると『おかしいわねー？　ずいぶん早いんじゃない？』遅くくると『変ね、なにかつまってたのかしら？』一カ月とぶと『ちょっと、だいじょうぶ？』（略）

　いい人なんかもしれないけど、いまママのこと、ぜんぶ大キライよ！」

十五歳の女の子である。ノイローゼ気味の母親が目に見えるようである。

「あのさァ、このあいだの日曜、練習すんで帰って来て風呂に入ってさ、そこでやってたら、ガラッと戸をあけたのね。オレさ、戸のほう向いてたから……んで、バレが入っちゃった。（略）

いつからあんなことをやり出したの？

だれに教わったの？　クラスの子？　部活の人？

なんであんなことやりはじめたの？

きたないと思わないの？

いつもあんなことやってるの？

あんなことばかりしてると受験に失敗するよ。わかってんの？（略）

オヤジに話しにいったのさ。これもまたくじける話なんだけど。

オヤジもしたでしょ？

どうだった？

いくつからしたの？

とかヒジョーに親しみをこめてきいたのね。（略）オヤジは知らんぷりしててさ、しらじらしく新聞読んでてさ、いってくれましたよ、『わすれた』って」

この母親も父親も実にリアルで笑ってしまう。

「オレ明るい気分でマスターベーションしたいの」

元気でがんばって欲しい。そうやって生き続けて欲しい。

七十年前の山梨の田舎の子供だった父。牛込の下町の子供だった母。四十年前の終戦後の満州の子供だった私。とにもかくにも子供時代を生き続けて大人になった。

そして今の子供である私の息子及びたくさんの日本の子供。

とにもかくにも生き続けて欲しい。

その混沌としたエネルギーで。

『子供！』の中の子供はどんな状況の中でも実に生き生きと自分を語っている。

少なくとも今、『子供！』の中で自分を語っている子供達は生き続けている。

子供は生き続けているかぎり、ほとんど狂暴ともいえる子供の命を燃やすエネルギーを持ち続けるのだ。ある時は、無邪気な明るさで、ある時は、無意識の残酷さで、大人顔負けのずるさも、大人が失ってしまった正義感や率直さを持って、同時にこわれやすいナイーブな優しさを持って。とにもかくにもそのエネルギーで生き続けて欲しい。

私はあのように自分を表現できなくて口惜しいと友達に言った。

その人もあのぶ厚い本を夢中で続んだからだ。「まいったね。むらむらするほど、面白いね。だけど大丈夫だよ、あいつらだって、皆面白くもない普通の大人になるからね」

面白くもないフツーの大人にするために、親も教師も死にもの狂いなのだ。

どうか、いけしゃーしゃーと生き続けて欲しい。夢中で子供を生きて欲しい。

所収

〔犬が死んだ〕（〈十四〉改題）〔また、母が赤ん坊を産んだ〕（〈十一〉改題）

単行本　『こども』リブロポート（１９８４）

P+D BOOKS『北京のこども』（『こども』改題）小学館（２０１６）

「青い空、白い歯」「何も知らない」「年寄りは年寄りでいい」「母のこと、父のこと」〔ＭＲＩで〕（〈あとがき〉改題）

単行本『問題があります』筑摩書房（２００９）

文庫　『問題があります』ちくま文庫（２０１２）

「百日草」「大人も子供もあるもんか」

単行本『アカシア・からたち・麦畑』文化出版局（１９８３）

文庫『アカシア・からたち・麦畑』光文社文庫（１９８７）

文庫『アカシア・からたち・麦畑』ちくま文庫（１９９２）

「二つ違いの兄がいて」「鳥が空をとんでいても気の毒には思わない」「やがて子供は大人になる」「こんぐらがったまま、墓の中まで」「ねえねえ、うちの子だけどうしてあんなに可愛いのかしら」「どんどんわからなくなる」

単行本『私はそうは思わない』筑摩書房（１９８７）

文庫　『私はそうは思わない』ちくま文庫（１９９６）

「とおい草のにおい」「銀の杖」「こわーい」
単行本　『覚えていない』マガジンハウス（２００６）
文庫　『覚えていない』新潮文庫（２００９）

「〈鈴木医院〉の鈴木先生」「スカートをけって歩きなさい」
単行本　『ラブ・イズ・ザ・ベスト』冬芽社（１９８６）
文庫　『ラブ・イズ・ザ・ベスト』新潮文庫（１９９６）
文庫　『でもいいの』（『ラブ・イズ・ザ・ベスト』改題）河出文庫（２０１８）

「清濁あわせ飲んで嘘も方便」「葬式が好きです」「シュワーッと消える」
単行本　『佐野洋子の単行本』本の雑誌社（１９８５）
文庫　『がんばりません』（『佐野洋子の単行本』改題）新潮文庫（１９９６）

「死んだふり」「女の老人とおばあさん」「自分らしく死ぬ自由」「そのとき」
単行本　『あれも嫌い　これも好き』朝日新聞社（２０００）
文庫　『あれも嫌い　これも好き』朝日文庫（２００３）

「フツーに死ぬ」「そうならいいけど」「今日でなくてもいい」〔六十の還暦を〕（〈あとがきにかえて〉改題）
単行本　『神も仏もありませぬ』筑摩書房（２００３）
文庫　『神も仏もありませぬ』ちくま文庫（２００８）

「あとのまつり」

単行本　『ふつうがえらい』マガジンハウス（１９９１）

文庫　『ふつうがえらい』新潮文庫（１９９５）

〔父が死んだのは〕（〈４〉改題）

単行本　『シズコさん』新潮社（２００８）

文庫　『シズコさん』新潮文庫（２０１０）

〔仕事が嫌いだと〕（〈四〉改題）〔私が愛する人は皆〕（〈一〉改題）

単行本　『死ぬ気まんまん』光文社（２０１１）

文庫　『死ぬ気まんまん』光文社文庫（２０１３）

本書では、文庫があるものは文庫を底本としました。